Hitlers Fahnenflüchtige

Lars G. Petersson

chipmunkapublishing
the mental health publisher

Published by
Chipmunkapublishing
PO Box 6872
Brentwood
Essex CM13 1ZT
United Kingdom

http://www.chipmunkapublishing.com

Copyright © Lars G. Petersson 2013
Second Edition

ISBN 978-1-84991-741-4

Chipmunkapublishing gratefully acknowledge the support of Arts Council England.

Dank

Dieses Buch wäre nicht zustande gekommen ohne die freundliche Hilfe und Unterstützung der drei im Zentrum stehenden Zeugen dieser Geschichte: Ludwig Baumann, Helmut Kober und Peter Schilling. Sie gewährten mir Einblick in ihre persönlichen Erinnerungen und Memoiren, stellten mir Bilder zur Verfügung und halfen mir bei der Beantwortung von Fragen, die sich mir bei der Arbeit stellten. Ich bin ihnen für das mir geschenkte Vertrauen sehr dankbar.

Auch hätte dieses Buch ohne die persönlichen, intensiven Nachforschungen Fritz Wüllners niemals geschrieben werden können. Wüllners und Professor Manfred Messerschmidts veröffentlichten Forschungsergebnissen verdanken wir grundlegende Kenntnisse über das Ausmaß des geschehenen Unrechts.

Mein Dank gilt ferner Jochen Schmidt von der Friedensbibliothek/Antikriegsmuseum der Evangelischen Kirche in Berlin-Brandenburg, der mir Fotos und Texte zur Verfügung stellte.

Die sprachliche, redaktionelle, hier und da inhaltliche und jüngste Entwicklungen berücksichtigende Bearbeitung meines Textes hat mit großem Einsatz Annette Bygott besorgt. Ohne diese freundschaftliche Zusammenarbeit, für die ich sehr dankbar bin, hätte eine deutsche Fassung meines Buches nicht erscheinen können. Die meinen Text begleitenden Ansichten sind aber - mit Ausnahme der namentlich gekennzeichneten Stellungnahmen anderer - meine eigenen.

Besonderen Dank schulde ich auch meiner Frau Josephine, deren treuer Unterstützung ich sicher sein durfte - nicht nur bei der Arbeit an diesem Buch, sondern auch schon bei der Arbeit an seinen Vorläufern in dänischer und englischer Sprache.

Lars G. Petersson

Lars G. Petersson wurde 1951 in Schweden geboren. Als wehrpflichtiger Soldat wurde er als Kampfflugzeugmechaniker der untersten Stufe ausgebildet. Er arbeitete als Masseur in einem Kurort in Hessen und war anschließend dreißig Jahre lang als Krankenpfleger in verschiedenen Institutionen tätig - in strafrechtlichen, psychiatrischen (darunter militärpsychiatrischen) und sozialen Einrichtungen in Schweden, Dänemark, Schottland und England. Er ist ein engagierter Menschenrechts- und Friedensaktivist und wohnt in London. Mehr über seine Tätigkeit ist unter *www.larsgpetersson.com* zu finden.

Inhalt

Vorwort

London 2010. Im Imperial War Museum findet eine Tagung der relativ jungen Vereinigung MAW statt. MAW steht für *Movement for the Abolition of War* und wir hören Lebensberichte britischer Kriegsdienstverweigerer im 2. Weltkrieg. Man kommt in den Pausen ins Gespräch und irgendwann erzählt mir jemand von Lars G. Peterssons Buch *Deserters*, das seit 2005 in englischer und dänischer Sprache vorliegt. Ich bekomme die Adresse der webpage des Autors und nehme Kontakt auf. Das Thema interessiert mich und als Lars mir von dem Wunsch spricht auch eine deutsche Fassung herauszubringen, weiß ich plötzlich: das ist es; auf so eine Aufgabe habe ich gewartet.

Ich bin Jahrgang 1936, Kind eines Soldaten, der 1941 zu Beginn des Russlandfeldzugs den »Heldentod fürs Vaterland« starb. Er war »gefallen für großdeutschland«, hatte auf der Karte gestanden, und Großdeutschland war klein geschrieben. Dieser persönliche Zusatz meiner Mutter, mit dem sie auf die Rechtschreibung aufmerksam machte, gehörte immer dazu, wenn sie davon sprach. Ich hörte Schmerz und Hohn und Hass heraus. Sie hat den Tod meines Vaters nie verwunden, zumal in einem Krieg, den sie trotz der so viele Menschen betörenden Erfolge des Anfangs nicht wollte. Als Theologiestudentin hörte sie Vorlesungen bei Dietrich Bonhoeffer, den sie zusammen mit anderen 1934 zur ökumenischen Friedenskonferenz in Fanø begleitete und dessen positive Einstellung zu Juden und Judentum sie prägte. Auf Grund ihrer Kontakte zur Bekennenden Kirche erkannte sie das Bedrohliche der nationalsozialistischen Ideologie, ohne allerdings die sich entfaltenden horrenden Verbrechen des Regimes auch nur ahnen zu können.

Mein Vater fiel am 20. Juli 1941. Meine Mutter mag es irgendwie als tröstlich empfunden haben, dass es mit dem Datum des 3 Jahre späteren Attentats auf Hitler zusammenfiel, denn den Leuten des Widerstands gehörte ihr Respekt und wohl auch ihre Dankbarkeit zu einem Zeitpunkt, als diese Männer in Deutschland noch weitgehend verachtet waren.

Lars G. Petersson hat bei seinen Recherchen und Interviews für dieses Buch noch sehr viel mehr über das Phänomen des Verachtens herausgefunden. Diesmal galt und gilt es den Fahnenflüchtigen der Wehrmacht, denen der Gesetzgeber erst 2002 eine Rehabilitierung gewährte. Die kleine Gruppe der so genannten »Kriegsverräter« musste noch länger darauf warten. Erst am 8.9.2009 gab ihnen ein Bundestagsbeschluss posthum ihre Würde zurück.

Die Gegner einer Rehabilitierung der Deserteure führten als Gegenargument alle Soldaten ins Feld, die »treu ihre Pflicht getan hatten« und denen damit Unrecht geschähe. Ich möchte nicht, dass das Schicksal auch meines Vaters in dieser Weise benutzt wird. Natürlich hat mich sein Schicksal betroffen, aber in ganz anderer Weise als von jenen erwartet oder vorausgesetzt. Es führte schon sehr früh dazu, mich hellhörig zu machen für das, was damals geschah - für die großen Verbrechen und das große Leiden. So ist es nicht verwunderlich, dass die Geschichte der Deserteure mich so berührt, wie sie es tut. Ich habe mich ja fragen müssen, wieviel Entsetzliches er hätte mit ansehen und vielleicht auch tun müssen, wenn er nicht so früh gefallen wäre. Und was wäre geworden, wenn er es gesehen und nicht hätte tun wollen oder tun können? Kann ich am Ende dankbar sein, dass ihm erspart wurde, was Menschen erlebten, von denen hier erzählt wird?

Arte brachte vor ein paar Jahren im Fernsehen ein Interview mit einem noch lebenden Deserteur und dessen Sohn. Letzterer war in Israel gewesen und man hatte ihn etwas herausfordernd gefragt: »Na, wieviele Juden hat denn wohl dein Vater damals umgebracht?« »Keinen«, hatte er antworten können, denn es entsprach ja der Wahrheit. Ich werde seinen Gesichtsausdruck nicht vergessen, als er dies sagte.

Meine Mutter hat die 1999 von Reemtsma konzipierte Wehrmachtausstellung über den verbrecherischen Vernichtungskrieg gegen die Sowjetunion gerade noch erlebt und hat sie begrüßt. Inzwischen ist die neue Wanderausstellung *Was damals Recht war* in Deutschland unterwegs. Lars G. Peterssons kleines Buch fügt sich ein in die fortlaufende Bemühung um die Aufarbeitung unserer schlimmen Vergangenheit.

Annette Bygott

Einleitung

Dank Jahrhunderte langer Propaganda gilt ein Deserteur in den meisten Ländern als Verräter, als ein Feigling, der sein Land und Volk im Stich gelassen hat. Diese Einschätzung ist in den Bevölkerungen überall auf der Welt tief verankert. Keine Rolle scheint dabei zu spielen, um was für einen Krieg es sich handelt, aus dem jemand flüchtet. War es ein »heroischer« Verteidigungs- oder ein verbrecherischer Angriffskrieg? Gilt die Verweigerung des Fahnenflüchtigen den Mitbürgern einer friedlichen Demokratie oder der herrschenden Elite einer Diktatur? Es wird kaum danach gefragt. Nicht einmal ein Überläufer aus den Reihen der feindlichen Streitkräfte kann sich darauf verlassen, mit Freundlichkeit und offenen Armen empfangen zu werden.

Leider gibt es unzählige Beispiele von jungen Deserteuren, die nicht nur ihr Leben, sondern auch ihre Ehre und die Achtung ihrer Mitmenschen verloren haben und auch heute noch verlieren. Es gibt sie überall auf der Welt. Jeder von ihnen hat eine tragische Biographie und trägt an den Folgen eines gestohlenen Lebens. Jeder von ihnen ist ein Opfer von Umständen, auf die er keinen Einfluss hatte.

Unter den vielen Fällen von Kriegsdienstverweigerung in der Geschichte der Völker gibt es ein Beispiel, das alle anderen an Umfang und an Grausamkeit überragt. Während des Zweiten Weltkrieges verweigerten Tausende von jungen Deutschen den Dienst bei der Wehrmacht. Sie verweigerten von vornherein oder sie desertierten, nachdem sie herausgefunden hatten, was unter der nationalsozialistischen Flagge getrieben wurde.

Ungeachtet der Tatsache, dass Hitler und seine Schergen sehr bald von der ganzen Welt als schlimmste Verbrecher der Weltgeschichte betrachtet wurden, blieb die Einschätzung selbst dieser Deserteure unverändert negativ. Wie eh und je und überall verachtete man sie, weil sie ihrer soldatischen Pflicht nicht nachgekommen waren.

Diese jungen Deutschen, die die Teilnahme am nationalsozialistischen Völkermord verweigert hatten, wurden Jahrzehnte lang von ihren Landsleuten schief angesehen und von der übrigen Welt einfach vergessen oder gar nicht erst wahrgenommen. Der Mythos vom Deserteur als Verräter, der Volk und Land im Stich ließ, blieb unangefochten. Erst spät - und auch dann nur langsam - fing man in Deutschland damit an, sich bei der Auseinandersetzung mit der jüngsten Scheckensgeschichte auch der besonderen Gruppe der Fahenenflüchtigen zu erinnern.

Die Deserteure stellen eine eigene und gewichtige Opfergruppe dar. Den wenigen unter ihnen, die nicht hingerichtet wurden und oft wie durch ein Wunder den Krieg überlebten, wurde Jahrzehnte lang jede Form von Anteilnahme vorenthalten. Der politische Widerstand war und ist schwer aufzubrechen. Mächtige Politiker, unter ihnen der ehemalige Bundeskanzler Helmut Kohl, widersetzten sich mit Entschiedenheit einer gesetzlichen Rehabilitierung. Das bedeutete, dass die meisten

Betroffenen ihr Leben offiziell als Ex-Sträflinge und Verräter beendeten.

Dieses Buch beruht unter anderem auf Interviews mit einigen der letzten Überlebenden, die mir ihre Geschichte selber erzählt haben. Dabei geht es nicht nur um ihre Vergangenheit in den Klauen des Hitlerregimes und seiner Blutrichter, sondern auch um ihr späteres Leben als verachtete Zeitgenossen im Nachkriegsdeutschland - zunächst in der Bundesrepublik und der DDR und danach im wiedervereinigten Deutschland. Es ist die Geschichte über Wehrpflichtige, die den Mut hatten, ihren Treueid gegenüber dem Führer zu brechen, die sich entschieden, ihren eigenen Weg zu gehen. Wir haben Grund dazu, das Zeugnis ihres Lebens ernst zu nehmen.

Ludwig Baumann, Peter Schilling und Helmut Kober waren drei dieser tapferen Männer, aber sie waren nicht allein. Das Schicksal der meisten in dieser Opfergruppe war noch schlimmer. Sie haben Hitlers Blutjustiz nicht überlebt. Wir dürfen all diese Männer nie vergessen.

Der Verräter

»Du verdammtes Schwein! Vaterlandsverräter! Feige Sau! Wer, glaubst du, bist du?« Ludwig Baumann hat das Todesurteil und das Strafbataillon in der Ukraine überlebt – um Hohn, Spott und Morddrohungen zu ernten. Er folgte seinem Gewissen und wurde von seinen eigenen Landsleuten als gefühlsduseliger Feigling beschimpft. Er weigerte sich, den Nazis zu folgen und wurde dafür verachtet.

Leider war er nicht der Einzige, dem das beschieden war. Spott und Verachtung waren der endgültige Lohn für alle, die aus der Wehrmacht geflüchtet waren oder sich ihr von Anfang an verweigert hatten. Dass es sich um Steitkräfte handelte, die Hitler seinen Überfall auf die Nachbarn ermöglichten, die fast ganz Europa in Schutt und Asche legten und nur Ruinen zurückließen, blieb dabei unberücksichtigt. Um es kurz zu sagen: Wer sich geweigert hatte, bei der in der Weltgeschichte einzigartigen Ermordung vieler Millionen unschuldiger Menschen mitzuwirken, wurde brutal geächtet. Er wurde dafür bestraft, dass er auf sein Gewissen gehört hatte und ihm gefolgt war.

Und doch hätte es für den einundzwanzigjährigen Ludwig noch schlimmer kommen können. Hitlers Justiz kannte kein Erbarmen und verurteilte ihn wegen des »furchtbaren Verbrechens« zum Tod. Nur durch eine Reihe von Zufällen und die guten Verbindungen seines Vaters entging er dem Schicksal erschossen, geköpft oder gehängt zu werden.

Seitdem ist über ein halbes Jahrhundert vergangen und vieles hat sich geändert. Die Ruinen wurden mit den Geldern des Marshall-Plans wieder aufgebaut, der Kalte Krieg ist vorbei, und die Wiedervereinigung von Ost und West ist erfolgreich abgeschlossen. Was damals war, ist heute Geschichte. Doch einige Dinge haben sich nicht verändert. Trotz aller dramatischen Entwicklungen galt der weit über achtzig Jahre alte Ludwig

Baumann vielen Deutschen immer noch als verächt-licher Feigling, der seine Kameraden und sein Vaterland im Stich gelassen hat. Und nicht nur das: Bis vor Kur-zem galten Baumann und die wenigen anderen Deser-teure und Kriegsdienstverweigerer, die überlebten, nach deutschem Recht immer noch als ehemalige Sträflinge. Sie waren Männer mit krimineller Vergangenheit.

Im Frühjahr 2002 wurde im Bundestag ein halbherzi-ges Gesetz verabschiedet, das nicht weitgehend genug war und viel zu spät kam. Es sollte den rechtlichen Sta-tus dieser Männer neu definieren. Die rot-grüne Regie-rung und die PDS rangen mit der CDU und der CSU um den Wortlaut dieses Gesetzes. Theoretisch wurden die ehemaligen Deserteure dadurch »rehabilitiert«, aber was war das wirklich wert? Nur eine knappe Mehrheit hatte für die Aufhebung dieser ungerechten Urteile ge-stimmt. Fast die Hälfte der Abgeordneten hatte sich wortstark dagegen ausgesprochen.

Darüber hinaus wurden nicht alle alten Urteile aufge-hoben. Auch nach 2002 galten verschiedene Personen, die während der NS-Zeit verurteilt worden waren, weiter als Verbrecher. Siebenundfünfzig Jahre nach Kriegs-ende waren deutsche Politiker noch immer nicht bereit, Todesurteile gegen so genannte »Kriegsverräter« auf-zuheben. Soldaten, die von der deutschen Wehrmacht desertiert waren, um sich dem französischen Wi-derstand oder Partisanengruppen in Jugoslawien und Griechenland anzuschließen, galten weiter als Ver-brecher. Mit anderen Worten: Auch zu diesem späten Zeitpunkt wurden Urteile der NS-Justiz noch als recht-mäßig angesehen. Künftige Generationen werden ver-mutlich hart über diejenigen urteilen, die das Nazi-Recht und seine Blutrichter so lange verteidigt haben.

Der Flüchtling

Seine Füße bewegten sich automatisch. Nach jeder Pause fiel es ihm schwerer weiterzugehen, aber die innere Unruhe trieb ihn vorwärts. Er war kurz zuvor von seiner Truppe desertiert und suchte jetzt Schutz in der Schweiz. »Es kann nicht mehr weit bis zur Grenze sein, vielleicht liegt sie schon hinter dem nächsten Hügel«, schrieb der junge Mann in seinen Erinnerungen, die er mir ein halbes Jahrhundert später anvertraute.

»Wie viele Stunden sind vergangen seit dem Aufbruch? Die Sonne hat bereits ihren Gipfelpunkt überschritten, die Schatten werden länger. Am Morgen stand sie noch jung über dem Horizont. Sechs Stunden oder acht bin ich nun unterwegs. Welche Strecke mag ich zurückgelegt haben? Es lässt sich nicht abschätzen, wenn man von Baum zu Baum geht, dann einen weiten Bogen schlägt, um offene Wiesen und Felder zu umgehen. Und immer wieder das lauschende und lauernde Verhalten, das Suchen nach Bewegung und Auffälligkeiten im Gelände, nach taktisch beherrschenden Punkten, wo Wachtposten eingerichtet sein können. Sie sind sicherlich nicht nur unmittelbar an der Grenze zu finden, sie müssen auch irgendwo hier im Hintergrund sein – Standposten und Streifenposten. Ich bin doch nicht der einzige Mensch, der über die Grenze will. Auf mich allein werden sie bestimmt nicht warten. Sie wissen sicher nichts von mir, diesem Verräter und Deserteur. Es stehen so viele in den Fahndungsbüchern, auf die sie Jagd machen: Verbrecher, Diebe, Mörder, Saboteure, Deserteure, Spione, Kommunisten, Staatsfeinde. Vielleicht sind ausgerechnet heute die Fangnetze an der Grenze besonders feinmaschig ausgelegt, weil sie auf Großwild jagen, irgendeinen besonderen Fisch fangen wollen, einen Staatsfeind erster Klasse. Für sie bin ich gewiss nur dritter Klasse, ein Nichts. Es gibt so viele andere auf der Flucht, hinter denen sie her sind, denen sie den Weg versperren wollen.«

Der junge Peter Schilling war nicht der Einzige, der sich an diesem Tag im Schatten des Krieges im Wald versteckt hielt. Von wenigen haben wir etwas gehört, aber es gab viele, die nicht mitmachen wollten bei diesem Krieg, der sich mit seinen unvorstellbaren Verbrechen als »totaler Krieg« in die Menschheitsgeschichte einführte. Tausenden von Deserteuren und Kriegsdienstverweigerern, der großen Mehrheit von ihnen, gelang es nicht, die Grenze zu erreichen. Sie erlagen ihren Peinigern und zahlten den höchsten Preis für ihren »Verrat« - dafür, dass sie den Adolf Hitler geleisteten Eid gebrochen und das Vaterland im Stich gelassen hatten. Dadurch verwirkte man das Recht zu leben.

Auch die wenigen Überlebenden fanden keine Ruhe, keinen wahren Frieden. Man hatte im Nachkriegsdeutschland wenig Verständnis für sie. Man wollte nicht anerkennen, dass die Verweigerer die besten Patrioten waren, nichts davon wissen, dass die Männer, die nicht an der Zerstörung des eigenen Landes und ganz Europas teilgenommen hatten, die wahren Helden waren. Sie hielten die Ehre ihres Landes hoch, aber was hat es ihnen gebracht? Leider nichts. Auch heute, mehr als ein halbes Jahrhundert nach dem Zerfall des hitlerischen Terrorsystems, haben sich große Teile der Bevölkerung noch nicht mit ihrer Vergangenheit auseinandergesetzt. Die Opfer – oder, falls sie gestorben sind, ihre noch lebenden Verwandten – warten immer noch, so viele Jahre nach Kriegsende, auf Anerkennung und Ehrung, die ihnen gerechterweise zustehen.

Ich schwöre vor Gott diesen heiligen Eid

Man schätzt, dass ungefähr 50 000 deutsche Soldaten während des Zweiten Weltkrieges wegen schwerer »Verbrechen« strafverfolgt wurden. Sie wurden wegen Fahnenflucht zum Tode verurteilt, wurden aber auch aus unzähligen anderen Gründen vor den Richter gestellt. Die Reihe möglicher Delikte war unbegrenzt. Dazu zählten Verleumdung des Führers, Schwächung der Streitkräfte, Unterstützung des Feindes, mangelnder Mut auf dem Schlachtfeld, das Anhören verbotener Rundfunksendungen oder eine negative Bemerkung über den Krieg in einer privaten Unterhaltung. Selbstverstümmelung war natürlich auch verboten, ebenso wie wenn ein Soldat sich »Zugang zu fremdem Eigentum« verschaffte. Wiewohl man straffrei unschuldige Menschen töten durfte, war der Diebstahl warmer Socken während der kalten Wintermonate der russischen Kampagne ein Verbrechen. In einer kalten Januarnacht 1942 organisierte der junge Soldat Julius acht Paar wollene Socken und ein Halstuch für sich und seine Kameraden. Er wurde wegen Wehrkraftzersetzung mit dem Tod durch Erschießen bestraft. Mit »Wehrkraftzersetzung« konnte man alles abdecken, was unerwünscht war, und die Kriegsgerichte machten bereitwilligen Gebrauch davon, um jeden Widerstand zu ersticken und den einfachen Soldaten einzuschüchtern.

In den Kriegsjahren 1939-1945 wurden rund 30 000 Deserteure und Straftäter wie Julius zum Tode verurteilt. Zwanzigtausend von ihnen wurden hingerichtet, die meisten von Erschießungskommandos, viele wurden aber auch enthauptet oder erhängt. Denen, die aus irgendeinem Grund dem Henker mittels einer Strafumwandlung entkamen, ging es indessen nicht viel besser. Sie wurden - bei Aussetzung einer erst nach Kriegsende zu verbüßenden Gefängnisstrafe - speziellen strafrechtlichen Bataillonen zugeteilt. Diese Einheiten liefen auch unter der Bezeichnung »Bewährungseinheiten«, da den Betroffenen hier die Chance gegeben wurde sich zu bewähren und sich der Gesellschaft würdig zu erweisen.

Der Aufenthalt in einem Strafbataillon lief aber praktisch auf ein neues Todesurteil hinaus, da es so gut wie keine Überlebenschance gab. Daher hat man auch von

»Himmelfahrtskommandos« gesprochen. Die Männer wurden auf äußerst gefährliche und häufig völlig sinnlose militärische Operationen geschickt. »Gegen Fahnenflucht müssen die härtesten Maßnahmen ergriffen werden«, hieß es und es war klar, es gab keine Gnade. Ein Aufenthalt hier bedeutete fast den sicheren Tod und war schlimmer als sofort hingerichtet zu werden.

Abgesehen von den oben erwähnten 30 000 verurteilten Deserteuren gab es fast 10 000 Soldaten, denen es gelang, während des Krieges zum Feind überzulaufen. Da sie nie strafrechtlich verfolgt wurden, zählen sie nicht zu der offiziellen Zahl von Deserteuren. Ebensowenig umfasst die Zahl die hunderttausende, die in den letzten Monaten untertauchten, als die deutsche Armee zusammenbrach und aufgelöst wurde. Viele von ihnen wurden, sofern sie verhaftet wurden, ohne weitere Diskussion auf der Stelle am nächsten Baum oder Laternenpfahl aufgehängt. Technisch gesehen waren alle diese Männer auch Deserteure, aber weil der Krieg fast vorüber war, gehört ihr Schicksal nicht mehr zur Thematik dieses Buches.

1,3 Millionen Soldaten galten nach dem Krieg als »rechtskräftig vorbestraft«. Um eine so große Zahl von Menschen zu verurteilen, waren tausend Kriegsgerichte nötig gewesen, die überall im Land, aber auch auf Kriegsschiffen und in besetzten Ländern ihre Aktivitäten entfaltet hatten. Es hatte häufig an Ärzten und Priestern gefehlt, aber niemals an Militärjuristen.

Etwa 4000 Soldaten, die während des Krieges zum Tode verurteilt und später begnadigt worden waren, hatten danach sogar auch noch die Strafbattalione überlebt, was häufig einem Wunder gleichkam. Die Zahl ist schon an sich erstaunlich, aber diese Menschen, die so häufig in Lebensgefahr gewesen waren und immer wieder Glück gehabt hatten, fanden auch nach dem Ende des Krieges kein friedvolles Leben - ganz im Gegensatz zu ihren Richtern, auf die eine ehrenvolle Karriere wartete. Während ihre Peiniger in Rechtswissenschaft und Politik hohe Stellungen antraten, begegnete man ihnen in der Gesellschaft mit Hass, Drohungen und Verachtung. Sie hatten sich das anders vorgestellt, hatten nach der Befreiung auf eine bessere Zukunft gehofft, trotzdem die meisten von ihnen körperlich und seelisch kaputt waren. Sie hatten zumindest erwartet, dass ihre Urteile annulliert werden würden, hatten mit ihrer Rehabilitierung gerechnet. Aber daraus wurde nichts. Stattdessen wurden sie mit »Drückeberger«, »Feigling« und »Verräter« beschimpft. »Ich konnte es nicht ertragen, habe mich öffentlich zu Wort gemeldet,« erinnert sich Ludwig. »Doch ich wurde dann von alten Kameraden zusammengeschlagen. Als ich zur Polizei ging, um Anzeige zu erstatten, wurde ich dort noch einmal zusammengeschlagen.« Für die meisten war es schwierig, sich gegen den weit verbreiteten Hass zu wehren. Es blieb ihnen nichts anderes übrig als ihre Vergangenheit zu verbergen, soweit das überhaupt möglich war.

Heute ist Ludwig der letzte noch lebende Vertreter der Deserteure, die sich 1990 in der *Bundesvereinigung Opfer der NS-Militärjustiz* zusammenschlossen, und er ist sich dessen schmerzlich bewusst. Peter Schilling und Helmut Kober war es vor ihrem Tod noch vergönnt ihre Geschichte zu erzählen - die Geschichte über das umfangreichste Justizmorden der Weltgeschichte. Diese Geschichte ist auch die Geschichte darüber, wie ein großer und mächtiger Teil des wiedervereinigten, modernen und demokratischen Deutschland so viele Jahre nach dem Krieg sich so schwer damit tat, mit der Unrechtspraxis der NS-Militärjustiz abzurechnen.

»Wer nicht mit uns ist, ist gegen uns.«

Nach Hitlers Machtergreifung 1933 stellte sich sehr schnell heraus, dass den Nazis an der Errichtung eines totalitären Staates gelegen war. Überraschend kam das nicht. Schon in den zwanziger Jahren hatte der künftige Führer erklärt: »Wenn wir erst den Staat erobert haben, dann ist dieser Staat unser Staat. Wenn wir diesen Staat regieren, dann sind wir dieser Staat. Wir wollen Deutschland befreien. Wenn das deutsche Volk nicht den Willen dazu hat, dann verdammen wir diesen fehlenden Willen.« Hitler sah in der Unterwerfung anderer Völker die notwendige Voraussetzung für die Befreiung des deutschen Volkes. Der Krieg war das geeignete Mittel dazu, und für den Krieg brauchte er gehorsame Soldaten.

Hitler bei einer Massenkundgebung im Mai 1937

Schon lange vor seiner Machtergreifung hatte sich Hitler Gedanken zu diesem Thema gemacht. Einige Jahre nach dem Ende des Ersten Weltkriegs schrieb der künftige Diktator in seinem später berüchtigten Buch *Mein Kampf:* »Wenn man beabsichtigt, Versager und Feiglinge an ihre Pflichten zu erinnern, gibt es nur eine Möglichkeit. Der Deserteur muss wissen, dass ihn genau das Schicksal erwartet, das er zu vermeiden sucht. An der Front kann er sterben, als Deserteur muss er sterben. Drakonische Maßnahmen wie die Todesstrafe sind das einzige Mittel, um mögliche Deserteure abzuschrecken.« Für ihn lag klar auf der Hand, was zu der schmerzlichen Niederlage im Ersten Weltkrieg geführt hatte: »Ein einziger Staat hat nie sein Kriegsrecht angewandt und wurde deshalb zerstört. Dieser Staat war Deutschland, und diese Nachlässigkeit wird sich nicht wiederholen.«

Eine gnadenlose Militärjustiz galt Hitler als Gewähr für einen Sieg im kommenden Krieg. Von 1914 bis 1918 hatten die Kriegsgerichte des Deutschen Kaiserreichs »nur« 150 Soldaten zum Tode verurteilt. 48 von ihnen waren anschließend auch hingerichtet worden.

Der damalige Gefreite Adolf Hitler war nicht der Einzige, der in dieser »Nachlässigkeit« die wesentliche Ursache für die schmerzliche Niederlage sah. Der einflussreiche Anwalt Heinrich Dietz war gleicher Meinung und schrieb, dass die laxe Handhabung des Kriegsrechts der Grund dafür sei, dass Kriminelle jetzt in den Bahnhöfen deutscher Großstädte herumlungerten. Das habe wesentlich zum Zusammenbruch des Staates beigetragen. Hitler, Dietz und zahlreiche Richter dürften die neue Gesetzgebung der Weimarer Republik als Katastrophe betrachtet haben. Das alte Kriegsrecht wurde nach 1918 außer Kraft gesetzt und in völlig neuer Form in die Verfassung aufgenommen. Die Abschaffung der Militärgerichte machte viele Richter arbeitslos und trieb sie in die Opposition. Sie waren daher bestrebt die Neuordnung so schnell wie nur möglich rückgängig zu machen.

Viele dieser Juristen waren eifrige Anhänger Hitlers und der Nationalsozialisten und hielten ein hartes Kriegsrecht für notwendig, um die Moral der Streitkräfte aufrecht zu erhalten. Ihre Chance kam sehr bald. Kurz nach der Machtübernahme setzte der zuständige Minister, General Werner von Blomberg, die Wiedereinführung der Kriegsgerichte durch. Ihre Macht wurde sogar noch gestärkt und die Strafgesetze wurden verschärft. »Wenn harte Strafen drohen, wird es sich jeder Soldat überlegen, ob er von der Parteilinie abweicht, und dem Druck nachgeben.« Bereits am 24. April 1933 sagte Minister von Blomberg zu den neuen Maßnahmen: »Da sich die politischen Verhältnisse in ganz Deutschland verändert haben, ist auch die Zeit für die Wiedereinführung der Kriegsgerichte gekommen.« Dann ging alles sehr schnell.

Drei Wochen später, am 12. Mai 1933, wurde ein entsprechendes Gesetz vom Reichstag verabschiedet. Auf grundlegende Rechtsprinzipien wurde bei der neuen Militärjustiz verzichtet. Berufungen oder das Recht auf einen Verteidiger waren nicht vorgesehen. Alleiniges Ziel war es, den Soldaten Angst zu machen und sie zum Gehorsam zu zwingen. Auf diese Weise sollten Hitlers Kriegsziele erreicht werden.

Um zu unterstreichen, wer jetzt an der Macht war, wurde der Reichswehreid schrittweise in einen Führereid umgeschrieben. Immer schon sind Soldaten durch einen Treueid verpflichtet worden. Aber es lohnt sich hier, die verschiedenen Stadien ins Auge zu fassen, die der Eid bei seiner Formulierung durchlief. In der Weimarer Republik galt er der »Reichsverfassung«, ab Dezember 1933 dem »Volk und Vaterland« und ab August 1934 (seit dem Tod des Reichskanzlers Hindenburg) der Person Adolf Hitlers. Jetzt hatte er folgenden Wortlaut: »Ich schwöre bei Gott diesen heiligen Eid, dass ich dem

Führer des Deutschen Reiches und Volkes, Adolf Hitler, dem Obersten Befehlshaber der Wehrmacht, unbedingten Gehorsam leisten und als tapferer Soldat bereit sein will, jederzeit für diesen Eid mein Leben einzusetzen.« Mit diesem Eid wurde die gesamte Wehrmacht, vom General bis zum einfachen Soldaten, persönlich an Adolf Hitler gebunden.

Auf der Flucht

Eine kleine Vertiefung im Weideland. Ob da wohl Wasser ist? Peter Schilling sah auf die freie Fläche von etwa 50 Metern, die er überqueren musste. »Verdammter Durst! Alles aufs Spiel setzen und aus der Deckung gehen, bloß weil ich mich nicht mehr bezwingen kann? Vielleicht ist da auch gar kein Wasser. Nicht an Wasser denken. Warum kann ich es nicht einfach wegdenken? Ich bin verrückt nach Wasser. Mensch, Moses! Dankeschön. Ich brauche nicht hinunter, brauche nicht aus dem Wald heraus. Da ist ein kleiner Pfuhl und das Wasser ist klar und kühl und schmeckt frisch. Trinken, trinken sich ganz voll laufen lassen. Mit beiden Händen einen Kelch formen und das Wasser ins Gesicht schütten und über die Haare und dann das Schaudern spüren, wie es beim Kragen über den Rücken hinabrinnt. Und dann noch einmal trinken bis der Bauch ganz voll ist. Hier bleiben bis es Abend wird. Hier bleiben bis alles zuende ist. Bis hierher und nicht weiter.«

Stunden später. Peter Schilling war schon des Längeren wieder auf dem Weg. Schließlich hatte er keine andere Wahl gehabt. Dort im Wald konnte er ja nicht bleiben, so verlockend es auch sein mochte. Seine Beine waren schwer geworden und es hatte viel Überwindungskraft gekostet, sie wieder in Bewegung zu setzen, aber er hatte es geschafft. Jetzt war er dicht an der Grenze, dem Ziel schon ganz nahe. Doch es war noch zu früh sich zu freuen. Die letzten Schritte würden die gefährlichsten sein. Das war ihm durchaus bewusst. Jetzt musste er alles aufs Spiel setzen. »Nicht mehr lang nachdenken«, sagte er sich. »Noch ein Blick nach beiden Seiten, dann raus aus dem Unterholz durch brechende Zweige, ein Satz hinab auf die Straße und weiter im Sprung darüber hinweg in die Mulde zwischen Schotter und Drahtverhau.« Er presste sein Gesicht in das trockene Gras und lauschte. Er vernahm nichts als das Rauschen des eigenen Blutes. Kein Anruf, und kein peitschender, lebensvernichtender Knall eines Karabiners. Dann stimmte auf der anderen Seite eine Amsel ihr Abendlied an. Das Tirili ließ ihn kurz aufschluchzen. »Nein, nicht das, nun nicht weich werden. Vorwärts, rein in das Verhau. Hart bleiben, bis alles vorüber ist. Dieses Verhau ist die Grenze und im Stacheldraht können sie dich noch abknallen wie einen räudigen Hund. Hinein mit Sack und Flöte. Idiotischer Draht. Warum hört der verdammte Vogel nicht auf zu singen? Langsam, nicht so hastig. Vielleicht ist Signaldraht dazwischen. Oder eine Handgranatensperre. Oder Minen. Ob sie die Grenze vermint haben? Mein Gott, der Draht hat tausend Stacheln. Behutsam. Schieb dich durch wie eine Schlange. Dann durch den Bach und den Hang aufwärts zwischen den hohen Bäumen.«

Als Peter Schilling Schweizer Boden erreicht hatte, umarmte er voller Glück einen Baum. Das Schicksal meinte es gut mit ihm; er überlebte den Krieg und lebte bis zu seinem Tod in Holland.

Unwertes Leben

Peter Schilling desertierte, als er erkannte, dass der Krieg ein schreckliches Verbrechen war. Nicht alle Fahnenflüchtigen waren in dieser Weise politisch hellsichtig und motiviert. Der 24-jährige Anton W. vom Grenadierregiment 462 war eine andere Natur, aber auch er war ein Opfer der Aggressionspolitik seines Landes. Anton hatte vier Jahre lang an der Ostfront ohne große Feuerpausen gekämpft. Von seinen Vorgesetzten für anspornenden Einsatz gelobt und für »hervorragend tapferes Verhalten« zum Obergefreiten avanciert, wurde er mit dem Ritterkreuz des Eisernen Kreuzes ausgezeichnet und zu 21 Tagen Sonderurlaub beurlaubt.

Daheim bei Frau und Kind traf er den Freund seiner Schwester, der im Laufe eines Abends, wo die beiden miteinander zechten, auf ihn einredete: »Anton, sei nicht blöd, warum willst du zurück an die Front?« In halb betrunkenem Zustand ließ Anton sich mit Kerosin injizieren. In der Nacht wurde er als Folge der toxischen Wirkung ernsthaft krank und wurde ins städtische Krankenhaus eingeliefert. Sechs Wochen später stand dieser Mann vorm Kriegsgericht und wurde wegen Selbstverstümmelung zum Tode verurteilt.

Brandenburg, den 9.10.1940

Liebe Eltern, liebe Schwestern,

Es ist der letzte Brief, den ich Euch schreiben kann. Ich wurde am 14. September vom Reichkriegsgericht zum Tode verurteilt. Heute Abend habe ich den Bescheid bekommen, daß das Urteil morgen in der Früh ausgeführt wird. In diesem Brief möchte ich Euch allen besonders danken für all die Liebe und Sorge, die Ihr um mich getragen habt, und bitte Euch mir zu verzeihen alles, wodurch ich Euch Schmerz und Leid zugefügt habe. Habe in letzter Zeit viel für Euch gebetet, da ich die letzten Wochen immer in Einzelhaft war. Wollte Euch wenigsten so helfen. Bis Ihr diesen Brief bekommt, werde ich also nicht mehr am Leben sein. Ich bin ruhig und gefasst, da ich ja schon lange mich auf diese Stunde vorbereitet habe.

Euer Josef

Viele Soldaten waren einfach jung und unerfahren. Sie waren auf ihre Weise Opfer einer älteren Generation, die einen mörderischen Angriffskrieg von unvorstellbarem Ausmaß initiierte. Als ihnen dann auf dem Schlachtfeld die grausame Wirklichkeit begegnete, war es ganz einfach zu viel.

Einer von diesen unglücklichen jungen Menschen hieß Ferdinand. Ferdinand war körperlich schwach und chronisch krank. Trotzdem - und da war er erst 16 Jahre alt - wurde er einberufen. Allerdings dauerte seine Zeit bei der Wehrmacht nur knappe vier Wochen, denn kurz vor Ende des Krieges, vierzehn Tage ehe die Russen in Wien einmarschierten, verurteilte ein Kriegsgericht den Jungen wegen Fahnenflucht zum Tode. Ferdinand hatte nicht seine Truppe oder Dienststelle verlassen um »sich der Wehrmacht auf Dauer zu entziehen«, wie das Militärstrafgesetzbuch die Straftat »Fahnenflucht« eindeutig definierte, sondern er hatte bei einem feindlichen Bombenangriff während eines Marsches einen Nervenzusammenbruch erlitten. Erst nach etlichen verzweifelt durchlebten Tagen unter Arrest infolge dieses »Verbrechens« kam ihm der Gedanke an Flucht, der ihn das Leben kostete. Sein erbärmlicher Zustand erwies sich vor Gericht nicht als mildernder, sondern als erschwerender Umstand. »Schlapp und unentwickelt«, stellte der Richter bei der Präsentation der Beweise fest. »Der persönliche Eindruck des Angeklagten ist der eines fast noch kindlich aussehenden Jungen.«

Dem jungen Karl ging es ähnlich. Bei seinem ersten Einsatz in seinem Bataillon in der Nähe der polnischen Stadt Warka kam es zu so extremen Kampfbedingungen, dass der kaum Achtzehnjährige sich selbst verletzte. Mildernde Umstände für den Angeklagten hätte es durchaus geben können. »Seit Tagen waren sie schwerem Feuer ausgesetzt«, stellte das Gericht fest. »Auch nachts hat er wenig Ruhe gehabt und ist infolge der Kampflage nicht ausreichend versorgt worden. All dem, insbesondere den für ihn neuartigen Kampfein-

drücken, die zu plötzlich in so starker Form auf ihn ein-
stürmten, war der knapp achtzehnjährige Angeklagte
nicht gewachsen.« Als neben ihm im Laufgraben ein
guter Freund von ihm gefallen sei, habe er vollends den
Kopf verloren und habe sich selbst in die rechte Hand
geschossen. Trotz dieser vom Gericht aufgelisteten mildernden Umstände wurde Karl zum Tode verurteilt. Er
hatte das Delikt der Selbstverstümmelung »im Kampf-
einsatz und noch dazu in schwerster Notzeit des
deutschen Volkes begangen, wo es auf jeden Mann
ankommt.« Der Richter schloss sein Urteil mit dem
Hinweis, dass schon allein aus Gründen der Abschreckung Milde nicht am Platz gewesen sei. Die NS-
Militärjustiz war darauf gedrillt, die Fehler des Ersten
Weltkrieges nicht zu wiederholen. Daher ihr Motto: »An
der Front kann man sterben, als Deserteur muss man
sterben.« Ferdinand und Karl wurden beide hingerichtet,
weil ihre Richter auf Manneszucht und unerschütter-
liche Härte setzten, um dem Dritten Reich zum Erfolg zu
verhelfen. Hinzu kam die nazistische Vorstellung von
der erstrebenswerten »Volksgesundheit«, die sich z.B.
in dem Kommentar eines Richters in einem anderen
Rechtsverfahren gegen einen ängstlichen Jungen so
ausdrückte: »Warum sollte sich die Gemeinschaft mit
solchen Tätern herumschlagen, während auf der anderen Seite jetzt im Krieg das beste deutsche Blut auf den
Schlachtfeldern sein Leben einsetzt?«

Das Konzept »Abschreckung« war nirgends in den Ge-
setzestexten zu finden. Es wurde von den Juristen zur
Rechtfertigung ihrer Unrechtspraxis bemüht. Ausdrücke
wie »übler Drückeberger«, »haltlos degenerativ«, »als
Mensch verroht«, »lebensunwertes Leben« gingen in
dieselbe Richtung. Mit solchen Sätzen versuchten die
Wehrmachtrichter ihre unmenschlichen Urteile zu verteidigen. Der Sprachgebrauch war völlig im Einklang mit
dem Denken der Nazi-Ideologen und wurde nicht nur
von Juristen, sondern auch von willigen Psychiatern
übernommen. Diese Mediziner taten das Ihre, indem sie

bereitwillig »unwillige« Leute als wertlose Psychopathen einstuften, denen alle Milde zu versagen war.

Der Psychiater Carl Schneider zeichnete sich hier durch besonderen Erfindungsreichtum aus. Schneider, der nach dem Krieg selbst in Untersuchungshaft geriet und sich dort das Leben nahm, ist hauptsächlich wegen seiner Verwicklung in die Tötung von geisteskranken Menschen bekannt geworden. Aber er hat sich außerdem mit psychisch kranken Soldaten beschäftigt, deren mangelnde Bereitschaft bei therapeutischer Behandlung zu genesen er als »Wehrkraftzersetzung« auslegte und unter Strafe stellte. Es war deutlich, dass dies kein Psychiater war, der auf Seiten seiner Patienten stand.

Es war im Jahre 1945, vierzehn Tage vor Kriegsende. Unsere Pionier-Einheit lag in der Nähe der Stadt Neisse. Nicht weit von uns war das Riesengebirge, Ziel vieler Deserteure. Ein Soldat aus meiner Einheit, circa 21 Jahre alt, war mit seinen Nerven völlig am Ende. Alle wussten, dass sich der Krieg dem Ende näherte. Der Junge, für mich noch ein großes Kind, desertierte, wurde wieder eingefangen und sofort zum Tode verurteilt.

In meinen Jahren an der Ostfront habe ich viele sterben sehen, aber diesen Jungen kann ich niemals vergessen. Die ganze Kompanie musste antreten und zusehen. Sie schleppten den Jungen an den Pfahl und banden ihn fest; das Erschießungskommando wartete auf den Feuerbefehl des Kompanieführers. Im Angesicht des Todes rief der Junge immer wieder nach seiner Mutter, weinte und bettelte um sein Leben. So starb unsere Jugend, angeblich für Führer und Vaterland.

Tönnies Hellmann

Tatsächlich war es so, dass eine geistige Behinderung oder schlechte psychische Gesundheit kein Grund war Milde zu zeigen; eher war das Gegenteil der Fall. Nutzlose Individuen, die eine Belastung für die Gesellschaft darstellten, hatten nach damals gängiger Auffassung kein Recht auf eine besondere Behandlung. Fürs Militär waren sie ohne Wert. Es ging eher darum, die Gesellschaft von solchen Menschen zu befreien. Juristische und medizinische Fachkräfte unterstützten sich gegenseitig in der Verwirklichung dessen, was die dominierende Nazi-Ideologie beinhaltete. Dies hat unzählige junge Menschen das Leben gekostet. Zu ihnen zählte unter anderen der junge Soldat Paul. Ein psychiatrisches Gutachten hatte bei diesem jungen Mann mit niedrigem IQ eine leichte Form geistiger Behinderung (Debilität) festgestellt. Als der Richter das Todesurteil wegen Fahnenflucht bestätigte, sagte er, es bestehe »kein Anlass, das Leben eines solchen Menschen dadurch zu erhalten, dass seine Tat milder beurteilt wird.«

Es gab außer seelischer Schwäche noch andere unerwünschte Zustände. Da wurde z.B. jemand wegen Fahnenflucht verurteilt, der an Asthma litt, was seine Situation eher noch verschlechterte. Ein rechtlicher Gutachter erklärte dazu, dass das Asthma nicht als mildernder Umstand gewertet werden dürfe; im Gegenteil. Würde man diesen Mann begnadigen, so würde er eine Belastung für die Gesellschaft werden. Es war billiger ihn hinzurichten.

Sie wollten nicht töten

In einer dunklen Nacht im Juni 1942 entfernten sich der 20-jährige Ludwig Baumann und der 22-jährige Kurt Oldenburg von ihrem Marinestützpunkt in der französischen Hafenstadt Bordeaux. »Wir wollten diesen mörderischen Krieg nicht mitmachen. Wir wollten keine

Menschen umbringen und wir wollten ganz einfach leben.« Ludwig sieht sich nicht als Held. Er war jung und er hatte Angst vorm Sterben. Wie er heute sagt: »Warum sollte ich in ein fremdes Land gehen und dort Menschen, die mir nie Unrecht getan hatten, erschießen?«

Als Vorbereitung zu ihrer Flucht hatten Ludwig und Kurt eines Nachts ein Waffendepot an Bord eines Schiffes aufgebrochen und einige Waffen und Munition gestohlen. In der Nähe warteten ortsansässige französische Freunde - Hafenarbeiter und Widerständler - mit einem kleinen Lastwagen. Damit wollten sie die beiden Deutschen in die Nähe der Demarkationslinie zu Vichy-Frankreich, dem unbesetzten Teil Frankreichs, bringen. Der Plan sah vor, dass die Franzosen wieder umkehren und die beiden Deutschen dann noch vor der Morgendämmerung über die Grenze fliehen sollten. Es kam indessen ganz anders. Die beiden jungen Flüchtlinge liefen direkt in die Arme einer deutschen Zollstreife. Da die französischen Widerständler ihnen zivile Kleidung inclusive Baskenmützen verschafft hatten, wurden sie für unbewaffnete Franzosen gehalten. Aber irgendetwas an ihnen erregte den Verdacht der Grenzpolizisten und sie beschlossen, sie zum Verhör ins Zollamt zu führen.

»Es war eine bemerkenswerte Situation«, erinnert sich Ludwig heute. »Sie gingen vor uns her, hatten ihre Gewehre umgehängt und wir hatten geladene und entsicherte Pistolen in der Tasche.« Die Deserteure hätten ihre Waffen benutzen können um sich zu befreien, haben es aber nicht getan. »Es ging nicht. Ich habe nicht die Fähigkeit Menschen zu erschießen«, sagt Ludwig heute. Es war ihm damals nicht möglich und ist es auch heute nicht. Daran lässt sich nichts ändern. Die Pistolen hatten sie mitgenommen um sich sicherer zu fühlen, aber wie Ludwig jetzt sagt: »Ich fühle mich heute unbewaffnet sicherer, auch wenn ich wegen meiner Kampagne gegen die Unrechtsurteile über die Jahre wiederholt Morddrohungen erhalten habe.«

Als Ludwig und Kurt im Zollamt erschienen, kam es zur Katastrophe. Sie konnten kein Wort Französisch und wurden umgehend als Deserteure entlarvt. Ihr Leidensweg nahm hier seinen Anfang.

Kurt Oldenburg

Recht ist, was der Führer will

1938 waren im Zuge der Kriegsvorbereitungen zwei Verordnungen von besonderer Bedeutung für die Militärjustiz eingeführt worden: die Kriegssonderstrafrechtverordnung und die Kriegsstrafverfahrensordnung. Mit diesen Verordnungen wurden künftige Schnellverfahren ermöglicht und das sonst bei Gerichtverhandlungen übliche Berufungsrecht wurde abgeschafft - selbstverständlich mit katastrophalen Folgen für die künftigen Angeklagten. Auch wurde die Anzahl von Delikten, auf die die Todesstrafe stand, erheblich erweitert. Dazu gehörte als total inakzeptable Einstellung die Verweigerung des Wehrdienstes aus Gewissensgründen.

Selbstverstümmelung war ein weiteres Delikt, das mit dem Tod zu bestrafen war. Wer sich selbt verstümmelte oder sich »in anderer Weise« dienstunfähig machte, hatte mit dem Todesurteil zu rechnen. »In anderer Weise« konnte alles Mögliche umfassen. Gedacht war hier etwa an jemanden, der mit einer Prostituierten Geschlechtsverkehr hatte in der Hoffnung, sich mit einer sexuell übertragbaren Krankheit zu infizieren. Oder es konnte auf jemanden angewandt werden, der im Zivilleben ein »gewöhnliches« Verbrechen beging um seine Einberufung hinauszuschieben.

Es gab viele übergreifende Begriffe, die bei der Strafzumessung zum Tragen kamen. »Treuebruch«, »Verrat an der kämpfenden Volksgemeinschaft« und vor allem »Wehrkraftzersetzung« gehörten in diese Reihe. Am schlimmsten war die »Wehrkraftzersetzung« ; sie konnte fast alles umfassen. Die neue Rechtslage basierte letzlich auf der Maxime: »Recht ist, was der Führer will«. Um all diese rechtlichen Neuerungen auch praktisch durchsetzen zu können, brauchte man aber auch Informanten, d.h. Leute, die bereit waren, andere Bürger zu denunzieren. Zum Glück für die Behörden gab es da keinen Mangel. Informanten waren überall zu finden - in der zivilen Gesellschaft ebenso wie bei den Streitkräften. Viele von denen, die angeklagt wurden, waren von solchen Leuten verraten worden.

1936 etablierte sich in Berlin das so genannte Reichskriegsgericht als oberste Instanz der Militärjustiz. Es fungierte mit besonderer Zuständigkeit für Hoch-, Landes- und Kriegsverrat. Während des Krieges wurde dieses Gericht wegen der zunehmenden Bombenangriffe nach Torgau an der Elbe, 50 km östlich von Leipzig, verlegt. Der Name der Stadt Torgau ist seit jenem Umzug in die dortige Kaserne *Zieten* ein Synonym für die Jagd auf Deserteure der Wehrmacht geworden. Tausende von Todesurteilen wurden hier gesprochen, die meisten von ihnen wegen Fahnenflucht und anderer Pflichtverweigerung. Um seiner Rolle als Zentrum der Militärjustiz gewachsen zu sein, benötigte das Gericht zusätzlich die Einrichtung zweier Militärgefängnisse, die gleichfalls hier etabliert wurden.

Zusammentreffen russischer und amerikanischer Truppen an der Elbe bei Torgau im Jahre 1945

Dass die kleine sächsische Stadt Torgau zum glücklichen Symbol des Kriegsendes wurde, verdankte sie dem weltberümten Foto vom Zusammentreffen russischer und amerikanischer Soldaten auf der dortigen Brücke über die Elbe. Leider konnte das Foto die vielen dunklen Bilder von Torgau aus der vorangegangenen Zeit des Naziterrors nicht verdrängen.

Eine einheitliche deutsche Militärgerichtsbarkeit gab es erst seit der Reichsgründung unter Bismarck. Das militärische Strafgesetz von 1872, bei dessen Gültigkeit es im Ersten Weltkrieg zu »nur« 48 Hinrichtungen gekommen war (17 wegen Fahnenflucht), wurde in der Zeit des Nationalsozialismus durch Zusatzregelungen zu einem Instrument fast unbegrenzter Macht der NS-Richter. Als der Krieg begann, war das Militärjustizsystem an die Rechtsauffassung der Nazi-Ideologie angepasst; es war gleichgeschaltet. Jeder Soldat musste wissen, dass ein Abweichen von der geforderten Pflichterfüllung den Tod nach sich ziehen konnte. »Der Soldat kann sterben, der Deserteur muss sterben«, hatte Hitler gesagt. Fragen individueller Schuld oder Unschuld wurden unwichtig in einem System, dem es prinzipiell allein um die Schlagkraft der »Volks- und Wehrgemeinschaft« ging. Die Militärrichter sahen ihre Aufgabe nicht in der Suche nach der Wahrheit im Einzelfall, sondern zielten auf die abschreckende Wirkung ihrer rücksichtslos ausgeübten Macht. Es gab Konsens unter ihnen, dass die Furcht vor harter Bestrafung - insbesondere vor der häufig angewandten Todesstrafe - geeignet war, Regelverletzungen unter Wehrmachtsoldaten zu verhindern.

Vorhof der Hölle: Fort Zinna

Nach der Wiedereinführung der Wehrpflicht am 21. Mai 1935 wurde die Festung in Torgau, Fort Zinna, die bis dahin eine normale Strafvollzugsanstalt gewesen war, in

das größte Militärgefängnis Nazi-Deutschlands umgewandelt. Fort Zinna wurde jetzt das Zentrum eines Ge-
richts- und Strafsystems bar jeglicher humaner Vor-
stellungen. Hunger, Schikane und Folter gehörten zum
Alltag und der kleinste Verstoß gegen die despotischen
Anstaltsvorschriften wurde mit schweren Misshandlungen geahndet. Hinter den dicken Mauern der Festung gehörte die absolute Missachtung der Menschen-
würde eines jeden Einzelnen zur Tagesordnung. Es ist
nicht verwunderlich, dass die Menschen, die diesen
Terror durchleben mussten, für den Rest ihres Lebens
von ihren schmerzhaften Erinnerungen heimgesucht
wurden.

Die Gefangenen wurden in Torgau und der näheren
Umgebung als Zwangsarbeiter eingesetzt. Sie arbeiteten in einer Munitionsfabrik, bauten Straßen, legten
Schienen und wurden gezwungen, Schiffe zu laden und
zu entladen. Somit hatten sie noch einen gewissen Nutzen für die Nazi-Maschinerie.

Außer den Soldaten, die Haftstrafen verbüßten, waren
in Fort Zinna auch Todeskandidaten inhaftiert, die auf
die Vollstreckung ihres Todesurteils warteten. In allen
Militärgefängnissen fanden Hinrichtungen statt und es
passierte fast täglich, dass Menschen auf diese Weise
ihr Leben verloren. In der Zeit zwischen 1942 und 1945
starben allein in Fort Zinna etwa tausend Menschen vor
Erschießungskommandos.

Insgesamt gab es acht große Militärgefängnisse in
Deutschland: Fort Zinna und Brückendorf in Torgau und
weitere in Anklam, Glatz, Graudenz, Bruchsal, Freiburg
und Germersheim. Hatte man das Glück, lebendig aus
so einer Anstalt heraus zu kommen, dann erwartete
einen als nächste Station in der Regel ein Strafbataillon
an der Front, eines der so genannten Bewährungsbataillone. Hier wurde den ungehorsamen Soldaten eine
neue »Chance« gegeben sich zu »bewähren« , d.h. sich
des weiteren Lebens im Vaterland würdig zu zeigen. Es

wurde gesagt, wer sich hier vorbildlich verhalte und Mut zeige, könne wieder in die Gemeinschaft eingegliedert werden.

Fort Zinna in Torgau war Nazi-Deutschlands größtes Militärgefängnis

Nur wenige erreichten zum Schluss diese »Rehabilitation«. Ihre Überlebenschancen in diesen Einheiten waren minimal. Eher schon war ein Aufenthalt in einer Bewährungseinheit einem neuen Todesurteil gleichzusetzen. So war es auch gemeint. Die Strafbataillone fungierten im Einklang mit der damals gängigen Meinung, dass es nicht anginge, dass ein feiger Kriegsverweigerer seine Strafe daheim in Sicherheit verbüßen dürfe, während vaterlandstreue Soldaten den Heldentod auf dem Schlachtfeld starben.

Dem entsprach auch das neue Gesetz vom 21. Dezember 1940, in dem es um »Aufschub der Strafe zum Wohl der Bewährung« ging. Indem die Vollstreckung der Strafe bis nach dem Ende des Krieges aufgeschoben werden konnte, war es »Feiglingen« nicht mehr möglich, gefährlichen Einsätzen an der Front zu entgehen und die Front wurde mit Kanonenfutter versorgt. Es fehlte nie an Kandidaten. Immer mehr Soldaten warteten in überfüllten Gefängnissen und Lagern. An der Front konnten selbst »Landesverräter« noch von Nutzen sein. Soldaten der Bewährungsbataillone erhielten besonders gefährliche Aufträge. Dazu gehörte die Errichtung von Stacheldrahthindernissen und das Legen von Minen unter schwerem feindlichen Feuer.

»Wir wurden dort eingesetzt, wo alles an der östlichen Front zusammengebrochen war«, erinnert sich Ludwig. »Die Wehrmacht verwendete die Politik der »verbrannten Erde«, wo alles niedergemacht wurde - ganze Dörfer mit ihren Einwohnern. Dort wurden wir reingeschmissen, um mit unserem Leben den deutschen Rückzug zu decken. Wir waren schlecht bewaffnet und schlecht ernährt und noch mal zu desertieren war mehr oder weniger unmöglich. Und außerdem hätte ein deutscher Soldat, dem es gelungen wäre zu den Russen zu gelangen, auf keine humane Behandlung hoffen können. Denn die sowjetischen Soldaten fanden in den

zurückeroberten Gebieten unzählige ermorderte Zivilisten - meist Frauen und Kinder.

Zum Tode verurteilt

Als Sohn eines Tabak-Großhändlers wurde Ludwig
Baumann am 13. Dezember 1921 geboren. Beide Eltern
kamen aus armen Verhältnissen, aber sein Vater hatte
es dank harter Arbeit in Hamburg zu einigem Besitz
gebracht. Er hatte ein erfolgreiches Unternehmen aufgebaut und es war sein Wunsch, dass sein Sohn es
eines Tages übernehmen würde. Aber der junge Ludwig
passte nicht in diese Rolle; er war anders. Er konnte die
Erwartungen seines Vater nicht erfüllen. Schon als
Schüler hatte er Schwierigkeiten, weil er Legastheniker
war. Damals wurde so etwas nicht erkannt, geschweige
denn behandelt, und normalerweise traf so ein Kind auf
wenig Verständnis. »Ich musste jeden Tag kämpfen«,
erinnert er sich heute. »Die Kindheit war für mich nicht
einfach, aber wenn man sich fügt, dann würde alles gut
werden, hat man mir damals gesagt.«

Es war eine Zeit großer Umwälzungen und Herausfor-
derungen, nicht nur für den kleinen Jungen, sondern für
das ganze Land. In diesem Prozess hatte auch der Vater Baumann eine winzige Rolle gespielt, insofern er bei
den letzten freien Wahlen im November 1932 seine
Stimme für die NSDAP abgegeben hatte - wie so viele
andere auch. Es dauerte indessen nicht lange, bevor er
diesen Schritt zutiefst bedauerte, als ihm klar wurde,
dass Hitlers Machtergreifung das Ende der Demokratie
bedeutete. Ludwigs Vater war mit Sicherheit kein Nazi;
er war nur der allgemein verbreiteten Parole gefolgt:
Besser Nationalsozialismus mit Ruhe und Ordnung und
entsprechenden Gesetzen als Kommunismus mit Kurs
auf die nationale Katastrophe. Wie er leider zu spät

erkannte, hat gerade diese Einschätzung in die gefürchtete Katastrophe geführt - nicht nur für Deutschland und einen großen Teil der Welt, sondern auch für die eigene Familie.

Für den jungen Ludwig ging es aber vorerst nicht um Politik, sondern um eine große persönliche Tragödie. Mit 15 Jahren, als sein Bedürfnis nach mütterlicher Liebe am größten war, verlor er seine geliebte Mutter, als sie bei einem Verkehrsunfall ums Leben kam. »Es ist wahr, dass ich gute Erinnerungen an meinen Vater habe, aber mit meiner Mutter war es etwas ganz Besonderes. Ich vermisse sie immer noch so sehr - auch heute noch. Ich glaube, an dem Tag, an dem sie starb, brach meine Welt zusammen. Ich habe damals die Intensität meiner Trauer nicht verstanden. Es fing damit an, dass ich mich weigerte Dinge zu tun, die ich nicht tun wollte. Wenn ich etwas nicht wollte, habe ich es einfach nicht getan; das war auch so gegenüber meinem Vater.«

Der bisher folgsame junge Mann war verändert. Er gehorchte seinem Vater oft nicht mehr und ging - was noch bemerkenswerter war - den neuen Machthabern aus dem Weg. Als die meisten anderen jungen Leute in die Hitlerjugend eintraten, passte er. Solange es ging, widersetzte er sich dem wachsenden gesellschaftlichen Druck. »Die Nazis kamen an meinen Arbeitsplatz auf dem Bau um mich zu rekrutieren. Sie klopften an unsere Tür und versuchten mich zu drängen, aber ich habe nicht nachgegeben.«

Zu diesem frühen Zeitpunkt der NS-Herrschaft war die Mitgliedschaft in der Hitlerjugend noch »freiwillig«, aber wer sich wie hier Ludwig zurückhielt, wurde stark unter Druck gesetzt, wobei es schon als durchaus verdächtig galt, wenn jemand nicht einlenkte. Um klare Verhältnise zu schaffen, wurde ab 1936 für alle Jugendlichen ab 14 die Mitgliedschaft in der Hitlerjugend oder im BDM (Bund deutscher Mädel) obligatorisch.

Ludwig Baumann war 19 Jahre alt, als er 1940 den Einberufungsbefehl zur Marine erhielt. Er gehörte nicht zu denen, die mit Begeisterung reagierten, die im heldenhaften Kampf für die deutsche Sache ihre Bestimmung sahen. Eine solche Rolle war ihm anfangs auch nicht zugedacht. Den Eliteeinheiten, die den größeren Teil der Flotte ausmachten, war er nicht zugeteilt worden. Offenbar sahen auch seine Offiziere in diesem jungen Mann keinen Krieger. Da man zu diesem frühen Zeitpunkt einen massiven Einsatz im aktiven Kampf vorerst nicht brauchte, wurden Ludwig und gleichgesinnte Kameraden in bescheidenen Rollen als Wachsoldaten verwendet.

Ludwig landete in Bordeaux, im besetzten Frankreich. Die dortige Hafenkompagnie bestand aus Wehrpflichtigen, die anderswo nicht eingesetzt werden konnten. Es waren nach Ludwigs Worten lauter anständige Menschen, die aber vom militärischen Standpunkt aus mehr oder weniger nutzlos waren. Sie waren dort am Hafen auf sicherem Posten. Sie brauchten keine Angst vorm Tod zu haben, mussten lediglich Beutegut bewachen und waren gut versorgt. Aber Ludwig wollte nicht Soldat sein. Er hasste das Leben dort. Sehr schnell wurde er auch ein Problem für seine Offiziere, weil er sich nicht recht in die militärische Hierarchie einordnen wollte. Wenn ihm beispielsweise aufgetragen war, die Stiefel eines Vorgesetzten zu putzen, was durchaus üblich war, dann tat er dies ganz einfach nicht. Damit machte er sich unbeliebt und die Offiziere reagierten feindselig. »Sie terrorisierten mich auf schlimmste Weise und die Erinnerungen an diese Tage haben mich seitdem verfolgt. Ich wusste was mich erwartete wenn ich Aufträge ablehnte, aber ich habe mich immer noch geweigert. Ich wollte es einfach nicht.«

Im Laufe der Zeit kam es zu freundschaftlichen Kontakten zwischen Ludwig, einigen seiner Kameraden und einigen französischen Hafenarbeitern, die dort Dienst taten. Der Kontakt mit diesen Männern weckte erstmals den Gedanken an Desertion, aber Ludwig urteilt heute mit Vorsicht, wenn er zurückdenkt: »Sich genau zu erinnern, so viele Jahre danach, ist schwierig. Wir wissen nicht so sehr, was wir früher gedacht haben; wir wissen, was wir hinterher darüber gedacht haben.«

Der Überfall auf die Sowjetunion mag eine Rolle gespielt haben. Eins nach dem anderen waren die europäischen Länder von deutschen Truppen angegriffen worden; nun also auch die UdSSR. Zunächst hatten die Deutschen große Erfolge und es sah aus, als ob sie sich auf sicherem Weg nach Moskau befänden. Die sowjetische Armee war von den angreifenden Armeen umgeben, und im Kino sahen Ludwig und alle anderen Bilder aus Kiew, wo Hundert-tausende von sowjetischen Kriegsgefangenen auf großen, offenen Feldern inhaftiert waren. »Was sollte aus denen im kalten russischen Winter werden?« fragte sich damals der junge Mann, »bei 35 Grad unter Null im Freien?!«

Alles, was in der Wochenschau gezeigt und von der Nazipropaganda verherrlicht wurde, gab ihm zu denken. Er brauchte nicht persönlich anwesend zu sein um mitzukriegen, was im Osten vor sich ging. Er verstand, worum es ging. Die Bilder sprachen für sich. »Lebensraum«? Für wen? Wie war es möglich, derartiges zu rechtfertigen? Was sollte denn aus den dort lebenden Menschen werden? Sollten sie vertrieben oder ausgerottet werden? Und was war mit den Kriegsgefangenen? Sollten sie da draußen verhungern oder erfrieren? Die Zukunft zeigte, wie Recht er hatte. Als der kalte russische Winter dann tatsächlich kam, erfroren unzählige Menschen unter furchtbarsten Umständen. Die in Deutschland organisierten umfangreichen Kleidersammlungen galten lediglich den deutschen Soldaten und nicht den Russen.

Zu diesem Zeitpunkt kam es bei Ludwig und einigen seiner Kameraden zu dem Entschluss: »Nein, damit wollen wir nichts zu tun haben. Dies ist ein Kriegsverbrechen. Wir wollen bei diesem Völkermord nicht mitmachen.« Es gab für Ludwig noch zusätzliche Gründe, die bei seiner Entscheidung eine Rolle spielten. In seinen Augen verkörperte das Soldatenleben den totalen Verlust persönlicher Freiheit; es war durchgehend mit Erniedrigung verbunden. Er war als freier Mensch geboren und wollte als freier Mensch auch leben.

Am 3. Juni 1942 desertierte Ludwig zusammen mit seinem Freund Kurt Oldenburg von Hitlers Wehrmacht und beide wurden am 30. Juni wegen Fahnenflucht zum Tode verurteilt. Die Gerichtsverhandlung dauerte insgesamt 40 Minuten. Im Feldurteil des Marinebefehlshabers Westfrankreich, Zweigstelle Royan, steht zu lesen, dass Ludwig wegen »Wachverfehlung im Felde« (er war kurz vor der Fahnenflucht einmal auf seinem Posten eingeschlafen), wegen »schweren Diebstahls« (er entwendete zwecks Vorbereitung zur Flucht aus der Waffenkammer seines Truppenteils 2 Pistolen, 2 Magazine, 9 Päckchen Munition und eine Taschenlampe) und wegen »Fahnenflucht im Felde« zum Tode und zu insgesamt einem Jahr und 2 Monaten Gefängnis verurteilt wurde. »Für Fahnenflucht im Felde müssen die strengsten Maßstäbe angewendet werden«, heißt es am Schluss. »Die Flucht von der Fahne ist und bleibt das schimpflichste Verbrechen, das der deutsche Soldat begehen kann. Keine Scheu vor Verantwortung begangener Fehltritte, keine Furcht vor Strafe darf den Soldaten zu ihr verführen. Auch Erwägungen, die zur Bewilligung von Gnadenerweisen führen können, dürfen das Feldkriegsgericht nicht hindern, für die Tat die gerechte Sühne zu suchen und festzusetzen. Wer gemeinschaftlich Fahnenflucht mit anderen begeht und diese Flucht ins Ausland versucht und wer sich während der Fahnenflucht verbrecherisch betätigt, ist nach den Richtlinien des Führers und Obersten Befehlshabers der Wehrmacht für die Strafzumessung bei Fahnenflucht vom 14. April 1940 Ziff. I Abs. 2 mit dem Tode zu bestrafen. Nur in allen anderen Fällen (Ziff II) soll eine Zuchthausstrafe im Allgemeinen dann als ausreichende Sühne angesehen werden, wenn jugendliche Unüberlegtheit und andere Beweggründe für die Täter hauptsächlich bestimmend waren. Das Feldkriegsgericht musste deshalb bei beiden Angeklagen auf die Todesstrafe erkennen.«

»Während der Vernehmungen und auch später in den Todeszellen wurden wir schwer misshandelt«, sagte mir Ludwig, »aber unsere französischen Freunde haben wir nicht verraten.« Er hat allen Grund darauf stolz zu sein.

»Kriegsverrat ist Friedenstat.«

Ludwig Baumann

Gericht des Marinebefehlshabers
Westfrankreich, Zweigstelle
R o y a n .

J. X 271 - 272 - 309/42.

F e l d u r t e i l

Im Namen des Deutschen Volkes.

In der Strafsache gegen die Matr. Gefr. Evalt Gronewold
und Matr.Gefr. Kurt Oldenburg und M.A. Gefr. Ludwig
Baumann
von Kommando Hafen-Komp. Bordeaux

wegen Fahnenflucht im Felde, Wachverfehlung im Felde und
schweren Diebstahls

hat ein an 30. Juni 1942 in Bordeaux

auf Befehl des Gerichtsherrn und Marinebefehlshabers Westfrankreich
zusammengetretenes Feldkriegsgericht,

an dem teilgenommen haben:

als Richter:

1.) Marinekriegsgerichtsrat Dr. Lüder
                    Verhandlungsleiter,
2.) Kapt.Lt. Marders, (M.A.),
3.) Masch.Gefr. Albrecht

als Vertreter der Anklage:

Marinekriegsgerichtsrat Münkemeier

als Urkundsbeamter der Geschäftsstelle:

Schreibers-Gefr. Jussen
für Recht erkannt:

Es werden verurteilt

der Angeklagte Groenewold wegen Wachverfehlung im Felde
in Tateinheit mit schwerem Diebstahl zu
1 1/2 - eineinhalb Jahr Gefängnis

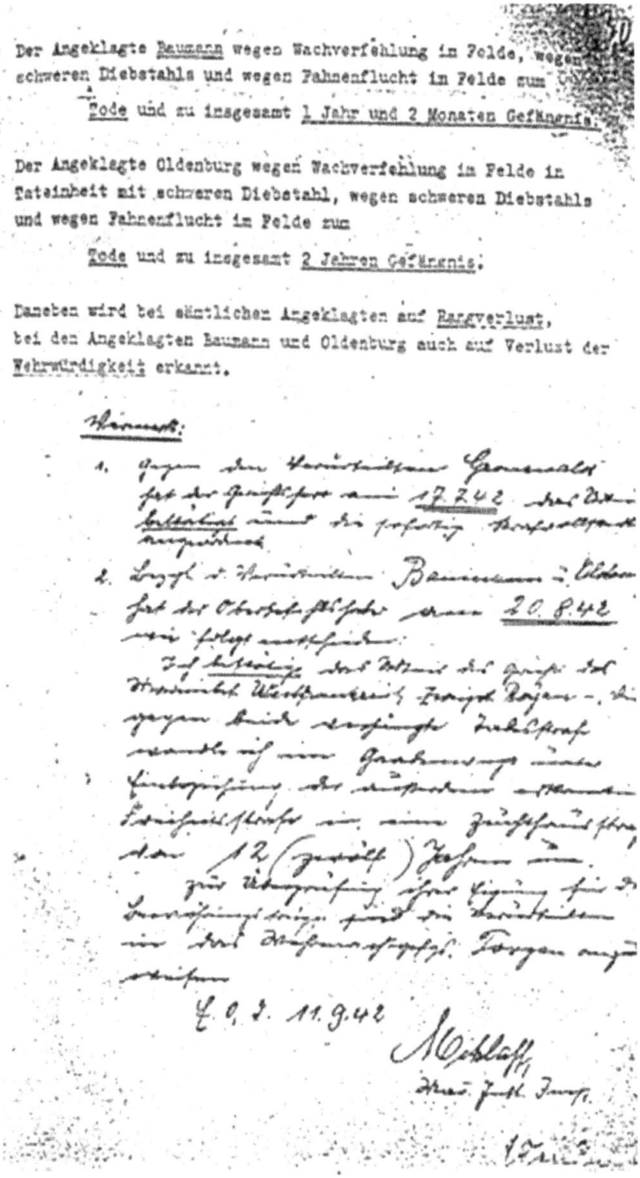

Der Angeklagte Baumann wegen Wachverfehlung im Felde, wegen schweren Diebstahls und wegen Fahnenflucht im Felde zum

Tode und zu insgesamt 1 Jahr und 2 Monaten Gefängnis,

Der Angeklagte Oldenburg wegen Wachverfehlung im Felde in Tateinheit mit schweren Diebstahl, wegen schweren Diebstahls und wegen Fahnenflucht im Felde zum

Tode und zu insgesamt 2 Jahren Gefängnis;

Daneben wird bei sämtlichen Angeklagten auf Rangverlust, bei den Angeklagten Baumann und Oldenburg auch auf Verlust der Wehrwürdigkeit erkannt.

Ludwig Baumanns Todesurteil

Ein juristischer Spitzenreiter

Nach einem Studium der Rechtswissenschaften und anschließendem Referendariat promovierte der junge Rechtsanwalt Erich Schwinge und rehabilitierte sich 1930 an der Universität Bonn für Strafrecht, Straf-prozessrecht, Zivilprozessrecht und Rechtsphilosophie. Nach kurzer Zwischenstation in Kiel bei einer Vertre-tungsprofessur war er dann ab 1932 als Professor an der Universität Halle tätig.1936 wurde er auf einen Lehr-stuhl der Universität Marburg berufen, wo er sich zum führenden Experten der Militärjustiz entwickelte. Seine fortlaufenden Kommentare zum Militärstrafgesetzbuch wurden und blieben maßgebend für die Entwicklung der Militärjustiz im NS-System. Was er schrieb, das galt. Seine Gedanken und Empfehlungen wurden in den folgenden Jahren von den Militärtribunalen treu verwirk-licht, und dadurch wurden zahllose junge Menschen zu Opfern seiner Theorien. In den seltenen Fällen, wo ein Richter Bedenken hatte, ein Todesurteil zu fällen, wurde er regelmäßig auf die Publikationen von Erich Schwinge verwiesen, die auf Härte bestanden. So kam es, dass Schwinge als einer der bedeutendsten Autoren des Na-zi-Rechts ganz bis zum Ende des Krieges 1945 einen enormen Einfluss auf das gesamte Kriegsjustizsystem ausübte.

Schwinges Theorien basierten auf seiner Überzeu-gung, dass die Aufrechterhaltung der Disziplin in der Truppe im Ersten Weltkrieg nicht konsequent durchge-führt worden war. Das sollte sich jetzt grundlegend än-dern. Jeder Soldat hatte als gehorsamer Sklave im NS-System zu fungieren - ein Zustand, der nur mit uner-schütterlicher Härte erreicht werden konnte. Besonders wichtig war hier der abschreckende Aspekt der Todes-strafe. Schwinge war der Meinung, dass nur so die totale Kontrolle über die Streitkräfte zu erreichen war. Schon ein einziger Freispruch zu einem kritischen Zeit-punkt konnte eine verheerende Wirkung auf die Kampf-

moral haben und unter keinen Umständen durfte es
dazu kommen.

Die Drohung mit der Todesstrafe war nicht das einzige
Mittel, das Schwinge zur Gewährleistung der »Manneszucht« einsetzte. In der *Zeitschrift für Wehrrecht*, für die
er regelmäßige Beiträge schrieb, propagierte er die
Idee, dass »Deserteure, Befehlsverweigerer, Psychopathen, Simulanten und andere minderwertige Wesen, die
einen Mangel an Kraft und Ausdauer zeigen«, zu Spe-
zialeinheiten an die Front überführt werden sollten. Auf
diese Weise würde man die ehrenvollen Truppen von
diesem »Abschaum« trennen. Dem entsprechend etablierte man die berüchtigten Strafbataillone, »die Himmelfahrtskommandos«, in denen zahlreiche »unwürdi-
ge« Soldaten buchstäblich als Kanonenfutter geopfert
wurden - alles im Einklang mit den Theorien eines Mannes, dessen eigenes Leben niemals in Gefahr war.

1941 wurde Schwinge eine ideale Gelegenheit geboten, seine theoretischen Ideen selbst zu praktizieren, als
er eine neue Position an der Universität Wien akzep-
tierte. Zusätzlich zu seiner Arbeit als Dozent, fungierte
er von nun an auch als Staatsanwalt und später als Militärrichter in Wien. Auch bei verschiedenen Militärgerichten in Frankreich und Belgien sowie in der Ukraine
war er aktiv. Als Ankläger und Richter in diesen Ländern
schickte er in den letzten beiden Kriegsjahren 16 junge
Soldaten in den Tod. Kritiker werfen ihm besonders den
Fall des damals 17-jährigen Anton Reschny vor, der nur
wie durch ein Wunder der Todesmaschine entkam. Der
junge Mann hatte nur zwei Wochen nach seiner Einberufung bei einem Aufräumungseinsatz von Häusern, die
einzustürzen drohten, eine Geldbörse und zwei Arm-
banduhren gestohlen. Er wurde wegen Diebstahls unter
Ausnutzung der Kriegsverhältnisse angeklagt und hätte
nach dem Reichsstrafgesetzbuch eine Freiheitsstrafe
von maximal zehn Jahren erwarten können. Richter
Schwinge indessen war erfinderisch. Er wandte die Vor-
schriften des Militärstarfgesetzbuches an, die er selbst

geschrieben hatte, und konnte ihn somit nach den Grundsätzen von Manneszucht und Abschreckung zum Tode verurteilen. Aber der junge Mann hatte Glück. Vor der Vollstreckung des Urteils wurde er auf bemerkenswerte Weise begnadigt. Kein anderer als der Reichsführer der SS, Heinrich Himmler, griff ein und das Todesurteil wurde in 15 Jahre Haftstrafe verwandelt.

Anton Reschny überlebte den Krieg und hat 40 Jahre später den Richter verklagt. Auf Grund der Unverhältnismäßigkeit von Straftat und verhängter Strafe bezichtigte er ihn der Rechtsverdrehung und des versuchten Mordes. Die Klage wurde jedoch, wie nicht anders erwartet, wiederholt abgewiesen. Auch der letzte Versuch, beim Oberlandesgericht Hessen Gerechtigkeit zu erlangen, blieb ohne Erfolg. Die Frankfurter Richter argumentierten, dass Schwinge sich keineswegs als Herr über Leben und Tod aufgeführt habe, sondern sich für sein Urteil auf Kommentare (von ihm selbst verfasste Kommentare!) aus der Militärgerichtsliteratur berufen konnte. Dieser enttäuschende richterliche Spruch war immerhin mit dem Kommentar versehen, dass man das Urteil als »sehr hart« empfand.

Sein letztes Todesurteil verhängte Schwinge am 9. Februar 1945, nur wenige Monate vor Kriegsende. Das Opfer war ein 35-jähriger Unteroffizier namens Josef, der wegen Zersetzung der Wehrkraft angeklagt wurde. Er hatte sich Kerosin eingespritzt, hatte sich also seiner Pflicht durch Selbstverstümmelung entzogen. Dass es mildernde Umstände gab, die selbst Schwinge nicht leugnen konnte, lässt sich der Urteilsschrift entnehmen. Dort ist vom unbescholtenen Ruf des Angeklagten die Rede, von seinem guten Benehmen als Soldat, seinem Geständnis und Verhalten vor Gericht. Auch wurde zur Kenntnis genommen, dass er der letzte Überlebende dreier Söhne war. Indessen sind diese mildernden Umstände nicht berücksichtigt worden, haben dem Josef nicht geholfen. Man dürfe sich von solchen Sachen nicht beeinflussen lassen, urteilte Schwinge und schrieb als Urteilsbegründung: »Bei der Strafzumessung hatte sich das Kriegsgericht die Frage vorzulegen, ob die mildernden Umstände eine Rolle spielen könnten. Obwohl vieles dafür sprach, war das Gericht der Meinung, dass die außerordentlich heikle Ersatzlage es generell verbietet, Milde walten zu lassen. Der Angeklagte hat sich in höchst kritischer Situation dem Abgang an die Front entzogen und er hat damit seinen Kameraden ein sehr gefährliches Beispiel gegeben. Einer solchen Pflichtwidrigkeit kann im Interesse der Manneszucht nur mit dem schärfsten Strafmittel - der Todesstrafe - begegnet werden.«

Der Weg nach Torgau

Als Ludwig Baumanns Vater die Nachricht vom Todesurteil seines Sohnes bekam, reichte er unverzüglich bei den Behörden ein Gnadengesuch ein. Da er sich über die Aussichtslosigkeit eines solchen Schrittes im Klaren war, ging er noch einen anderen Weg um seinen Sohn zu retten. Einer seiner Geschäftskollegen war ein Marineoffizier, der seinerseits mit Admiral Erich Raeder, dem Oberbefehlshaber der Kriegsmarine, befreundet war. Ludwigs Vater sah hier eine Möglichkeit, die in der Folge tatsächlich für Ludwigs Schicksal ausschlaggebend war. Der Admiral erklärte dem Kollegen, der ihn auf diesen Fall aufmerksam gemacht hatte, dass persönliche Beziehungen auf berufliche Entscheidungen selbstverständlich keinen Einfluss haben durften. Er ließ ihn aber gleichzeitig wissen, dass er Ludwig Baumann und Kurt Oldenburg begnadigt habe. In seinem Schreiben führte er aus, dass die beiden jungen Männer nunmehr verpflichtet seien, dem Führer Mut und Tapferkeit zu zeigen. Nur so könnten sie zeigen, dass sie die Begnadigung verdient hätten. Die Behandlung dieses

Falles war selbstverständlich äußerst untypisch für die damalige Praxis.

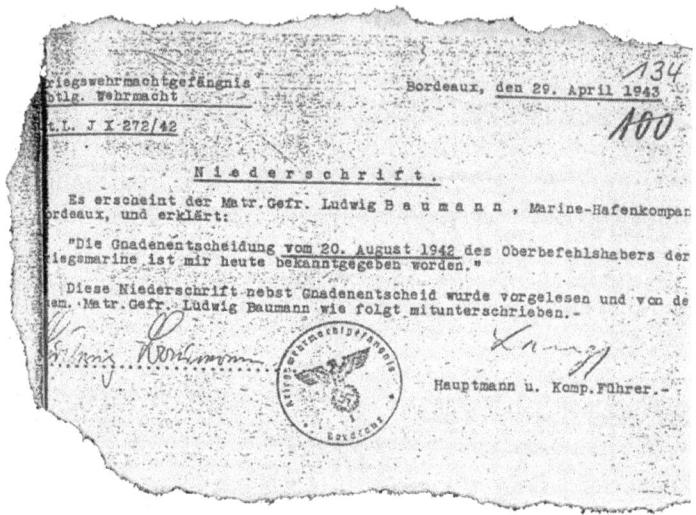

Ludwig Baumanns Gnadenentscheidung

Ludwigs Urteil wurde in 12 Jahre Zuchthaus umgewandelt - eine Strafe, die nach dem Krieg und dem voraussichtlichen Sieg Deutschlands abgebüsst werden sollte. Bis dahin würde er die Zeit in Konzentrationslagern oder Strafbataillonen verbringen. Die Gefangenen selbst wurden von ihrer veränderten Situation nicht unterrichtet. Ungeachtet der Tatsache, dass sie kurz nach dem Prozess begnadigt worden waren, lagen sie die nächsten acht Monate in den Todeszellen, Tag und Nacht an Händen und Füßen gefesselt. Täglich fürchteten sie ihre unmittelbar bevorstehende Hinrichtung.

Todeskandidaten in diesem Gefängnis hatten die Erlaubnis, pro Monat einen Brief zu schreiben und einen zu bekommen. Ludwigs Vater entnahm den Briefen seines Sohnes, dass dieser nichts von seiner Begnadigung wusste, und das beunruhigte ihn sehr. Jedes Mal, wenn er einen Brief von seinem Sohn öffnete, fürchtete er, etwas von einer bevorstehenden Hinrichtung zu erfahren. Für Ludwig war es noch schlimmer. Immer wenn früh morgens die Wachen wechselten, war er wie versteinert vor Angst, dass sie jetzt kommen und ihn erschießen würden. Es war eine unerträglich grausame Erfahrung. Am 20. August 1942 wurde er begnadigt, aber erst am 29. April 1943 wurde ihm vom Gefängnisdirektor in Bordeaux mitgeteilt, dass die Todesurteile gegen ihn und seinen Freund Kurt umgewandelt worden waren. Heute noch ist er von diesem Erlebnis schwer traumatisiert.

Für eine kurze Zeit war Ludwig Baumann in dem berüchtigten KZ Esterwegen inhaftiert.

Ludwig wurde dann in das berüchtigte KZ Esterwegen im Emsland überführt und kurz darauf ins Militärgefängnis Fort Zinna in Torgau. Bei seiner Ankunft erkrankte er an Diphtherie und kam in Quarantäne. »Ich blieb dort über ein Jahr, ich konnte nicht gehen. Als Folge meiner Krankheit war nicht nur meine Stimme gelähmt, sondern auch meine Beine.«

Obwohl er weder sprechen noch gehen konnte, blieb ihm das tägliche Elend dieses Gefängnisses nicht erspart. Das Schlimmste war, dass man ihn - wie alle anderen Gefangenen auch - dazu zwang, Augenzeuge bei den Hinrichtungen zu sein. Es war nur eine von vielen Methoden, mit denen man die Häftlinge terrorisierte. Alle Todeskandidaten waren an Händen und Füßen gefesselt, genau wie Ludwig es erlebt hatte, als er selbst in der Todeszelle saß. All das mit ansehen zu müssen kam einer Folter gleich. Und da war noch etwas anderes. Wenn die Gefangenen ihr Arbeitszeug wechselten, bekamen sie manchmal Jacken, die vorne einen kleinen und hinten einen großen Flicken hatten. Dann wussten sie, dass einer ihrer Kameraden in dieser Jacke erschossen worden war.

Großadmiral Erich Raeder war Oberbefehlshaber der Kriegsmarine von 1935 bis 1943. Großadmiral Karl Dönitz war von 1943 bis 1945 dessen Nachfolger und war kurz vor der Kapitulation von Hitler testamentarisch zu seinem Nachfolger als Reichspräsident bestimmt worden. Karl Dönitz hat nach seiner Amtsübernahme schriftlich festgelegt, dass bei ihm kein Deserteur begnadigt werde.

Während des Dritten Reiches wurden Todeskandidaten im Regelfall durch Erschießungskommandos hingerichtet, wie in Fort Zinna, aber es gab auch andere Hinrichtungsarten. Viele wurden enthauptet oder gehängt. Für die Militärjuristen bekam das Erhängen von Wehrmachtsangehörigen erst im vierten Kriegsjahr praktische Bedeutung. Verglichen mit dem »Soldatentod« durch

Tag und Nacht wurden die Verurteilten gezwungen schwere eiserne Ketten zu tragen. Ludwig Baumann sieht sie wieder bei einem Besuch in Torgau. »Ich habe das Rasseln immer noch im Ohr.«

die Kugel kam hier ein zusätzliches Demütigungsmoment ins Spiel.

Jede Hinrichtung wurde - einerlei, um welche Tötungsart es sich handelte - sorgfältig protokolliert. Um sicher zu sein, dass nichts falsch laufen würde, war die jeweilige Leitung einem Wehrmachtjuristen unterstellt. Dies war nur eine von insgesamt fünf verschiedenen Funktionen, die Wehrmachtjuristen übernehmen konnten. Sie konnten bald als Ankläger, bald als Richter, an dritter Stelle als beorderter Verteidiger und wiederum andernorts als Gutachter auftreten. Das Credo der Militärjuristenschaft hieß seit 1933 freiwillige Bindung an den »Führerwillen.« Richterliche Unabhängigkeit oder gar Mitgefühl waren nicht gefragt. Für die Beteiligten sah das alles sehr anders aus. »Der arme Mann bekam die ganze Ladung in die Brust, aber stöhnte furchtbar, als er noch lebte«, erinnert sich ein Augenzeuge. »Zum Schluss hat ein Feldwebel mit einem Schuss aus seinem Maschinengewehr (08) Schluss gemacht. Er traf ihn zweimal im Kopf. Für uns Mitgefangene war es ein ganz furchtbares Erlebnis.«

Wenn das der Führer wüsste

Peter Schilling konnte seinen Vater nicht verstehen und dieses Unverständnis war wechselseitig. »Du hast einen verhängnisvollen Hang zum Schäbigen, zur Unkultur«, warf der Vater dem Sohn erbittert vor. Dann folgten immer wieder die unvermeidlichen Darlegungen über den Status der Familie. »Wir Schillinge sind etwas Besseres. Mit Pleti und Kreti haben wir nichts gemein. Wer mit Dreck umgeht, besudelt sich. Ich verbiete dir solchen Umgang. Außerdem müssen Pfarrerskinder Vorbilder sein und sich selbst auch gute Vorbilder suchen.« Derlei Kommentare des Vaters wurden regelmäßig durch Ohrfeigen bekräftigt. In den endlosen Moralpredigten war dann die Rede von Ritterlichkeit, von anständigem Benehmen und Takt.

Solche Szenen spielten sich in einem deutschen Pfarrhaus in den zwanziger und dreißiger Jahren ab. Dies war das gesellschaftliche Umfeld, in dem der junge Peter seine prägenden Jahre verbrachte und in dem der Nationalsozialismus Fuß fassen konnte. Peter Schilling war ein Produkt dieser Zeit, aber im Gegensatz zu vielen anderen Menschen wusste er zwischen Gut und Böse zu unterscheiden.

Als Peter mir von seiner Kindheit zu erzählen begann, charakterisierte er die Sichtweise der Zeit mit der Beschreibung eines benachbarten Dorfes. »Das war das hässlichste Dorf weit und breit. Die Menschen in jenem Dorf waren ebenso hässlich, dazu auch noch dumm, dreckig und gemein. Obendrein waren sie träge, faul und stanken. Nur üble Eigenschaften hatten sie, die es bei uns nicht gab. Vielleicht gab es dort auch ein paar Ausnahmen, aber darüber sprach niemand. Eigentlich war es aber ganz gut, dass es dieses hässliche Dorf mit seinen widerwärtigen Einwohnern gab. Wenn die nicht gewesen wären, wie hätten wir dann wissen können, dass wir viel besser und klüger und tapferer und fleißiger waren? So ist es nämlich. Schlechte Menschen sind immer nur die anderen, nie die eigene Sorte, und sie haben nur den einen Zweck, die eigene Qualität zu erweisen. Und weil sie nicht unsere eigene Sorte waren, waren sie eben unsere Feinde, Erbfeinde seit urdenklichen Zeiten. Ab und zu hatten wir Krieg miteinander. Wir überfielen dann ihr dreckiges Dorf und klauten ihnen die Äpfel, auch wenn die viel saurer waren als unsere eigenen.«

So war es unter den Kindern. Aber auch für Peter Schillings Großvater spielten kriegerische Tugenden eine wichtige Rolle, obwohl er selbst zu seinem Bedauern nie Soldat gewesen war. Einem Unfall in früher Jugend verdankte er ein steifes Bein, so dass ihm eine militärische Karriere versagt geblieben war. Sein Geist war jedoch umso militanter und auf seine drei Söhne war er besonders stolz. Fritz, Theo und Jochen waren bereits im ersten Weltkrieg als Offiziere für ihren tapferen Einsatz mit Orden und Ehrenzeichen belohnt worden.

»Großvater war die von allen uneingeschränkt anerkannte Autorität«, erinnerte sich Peter. »Er war die feste Burg und an seiner Haltung war nicht zu zweifeln. Guter Rat war ihm nie zu teuer. Er war ein echter, aufrechter Christ und Preuße, wie aus dem Bilderbuch geschnitten. Gottesfürchtig, geradlinig, sauber und wahrhaftig. Wie alle preußischen Geistlichen war er ein treuer Diener und Verwalter der von Gott über das Volk eingesetzten Obrigkeit. Ein Anhänger der Nazis war er gewiss nicht. Die Selbstherrlichkeit und Aufdringlichkeit der Parteigenossen und ihrer Organe waren ihm zuwider. Seine Kritik erschöpfte sich jedoch wie bei vielen Deutschen jener Zeit in dem Stoßseufzer: ›Wenn das der Führer wüsste!‹ Ihn, den Führer und Reichskanzler, schloss er immer in seine Andachten und Tischgebete ein und nannte ihn dabei in einem Atemzug mit irgendwelchen fernen Verwandten, für die er ebenfalls Gottes Beistand erflehte. Eine Auflehnung gegen die Obrigkeit war ihm gleichbedeutend mit einem frevelhaften Aufbegehren gegen Gottes Willen.«

Fünf Enkel dieses Großvaters sind im zweiten Weltkrieg gefallen. Er gedachte ihrer beim Tischgebet mit den Worten: »Herr, ich danke dir, dass du ihr Opfer auf dem Altar des Vaterlandes angenommen hast.« Sein Glaube an die Güte des Herrn war und blieb unerschütterlich. Später hat Peter dann erfahren, dass sein Großvater auch ihn in seine Tischgebete eingeschlossen hatte - in ganz besonderer Weise. Das Jahr war 1943, Peter hatte desertiert und wurde als Landes- und Hochverräter von der Gestapo gesucht. Aufgebracht protestierte der Großvater, als man auch bei ihm nach dem Flüchtling suchte. Verständlicherweise hatte man nämlich den Verdacht gehabt, er werde seinen Enkel schützen oder doch jedenfalls wissen, wo er sich aufhielt.

Aber das war dem Großvater dann doch zu viel. Er sei ein guter Deutscher, entrüstete er sich, der für Verrat kein Verständnis aufbringen könne. Nein, er hat seinen Enkel nicht geschützt, aber er hat für ihn in seiner eigenen Weise gebetet. »Gib, oh Herr, dass es nicht wahr ist. Gib, oh Herr, dass ihn eine feindliche Bombe zerrissen hat, dass er uns diese Schande nicht angetan hat. Doch wenn du uns mit solch einer Schande strafst, oh Herr, gib uns bitte ein Zeichen, weshalb du uns so triffst und wie wir dich versöhnen können.« Der alte Mann litt aufrichtig unter der Schmach, dass sich unter seinen Nachkommen ein Landes- und Hochverräter befand, der den Fahneneid gebrochen hatte.

»Über Christentum und Religion gab es mit Großvater keine Diskussion. Man hatte fraglos zu glauben und damit basta«, erzählte Peter Schilling weiter. »Auch was Vaterland, Nation und Obrigkeit anbelangte, gab es weder wenn noch aber. Sie waren gottgegeben, gottgewollt, von Gottes Gnaden, Vollstrecker des göttlichen Willens. Mit dieser Überzeugung und Gewissheit humpelte mein Großvater stolz und unangefochten durch das Leben. Ich kann es ihm nicht verübeln, das war sein Wesen. Es ist also nur natürlich, dass ich 1943 für ihn eine Verkörperung des Bösen wurde, ein Sünder gegen die unumstößlichen Gesetzte ›unseres Herrn‹ und darum dem Tod verfallen.

Si vis pacem para bellum (Wenn du den Frieden willst, musst du dich auf Krieg vorbereiten) wurde uns als altrömische Spruchweisheit im Lateinunterricht eingebimst und wir schluckten es recht bedenkenlos, weil keine unmissverständlichen Gegenstimmen zu hören waren. Ich war keine Ausnahme, wir waren alle durchaus beeindruckt von dem heroischen Geschwafel des Führers und seiner Gefolgsleute. Damals war es mein Wunsch, die Offizierslaufbahn einzuschlagen und ein tapferes Heldendasein zur Schau zu stellen. Die in unseren

Büchern verherrlichten soldatischen Tugenden, von denen unsere Lehrer sprachen, erschienen mir wahrhaft lebens- und sterbenswert.«

Dann kam das Jahr 1939. Die Spannungen wuchsen fortwährend und es verging schließlich kaum ein Tag, ohne dass in den Tageszeitungen und Rundfunknachrichten von der Ermordung oder Misshandlung Volksdeutscher in Polen berichtet wurde. Als Hitler dann am 1.September den Einmarsch der deutschen Wehrmacht bekannt gab, wurde das Ereignis fast als Selbstverständlichkeit hingenommen. Niemand protestierte. Peter Schilling erinnert sich: »Unsere Schule stand auf dem Marktplatz, klassenweise angetreten, und grüßte mit Liedern und Heilgeschrei die nach Polen fahrenden Soldaten. Lange Motorrad- und Panzerfahrzeugekolonnen zogen an uns vorüber. ›Ich melde mich freiwillig zur Wehrmacht‹, erklärte Bernhard. ›Machen wir‹, stimmte ich begeistert zu. ›Sonst geht dieser Krieg ohne uns zu Ende.‹ Wir wollten auch bewundert und besungen werden.«

Bei der Beeinflussung der Schüler, die zu einer positiven Einstellung zum Krieg zu bringen waren, spielte Peters Erdkunde- und Sportlehrer Herr Seidel eine maßgebliche Rolle. Seine Maulschellen waren das sicherste Mittel, den Kindern die geographische Lage der wichtigsten Städte, Flüsse und Gebirge Europas genau einzuprägen. Allmählig kamen mehr und mehr bisher unbekannte Landschaften und Orte hinzu, wo die Wehrmacht Siege errang oder die von deutschen Bombern in Schutt und Asche gelegt worden waren. Jeder deutsche Sieg wurde den Kindern, wenn sie nicht sekundenschnell auf der Landkarte das jeweilige Schlachtfeld anweisen konnten, von Herrn Seidel mit Ohrfeigen eingebläut. Er war aber nicht der einzige Prügelpädagoge an der Schule. Maulschellen, Schläge mit dem Rohrstock auf die Hand, den Rücken und das Gesäß sowie sonstige Formen der körperlichen Züchtigung wurden als durchaus taugliche Erziehungsmittel angesehen.

Peter und seine Freunde waren zu diesem Zeitpunkt noch zu jung für eine aktive Rolle im Krieg. Ihnen blieb nichts anderes übrig, als diesem Polenfeldzug vom Kinoplatz aus beizuwohnen. Dort sahen sie in den Wochenschauen, wie furchtlos deutsche Soldaten im Kugelhagel feindliche Widerstandsnester stürmten und wie rasch die polnische »Soldateska« flüchtete.

»Wir kannten sie ja besser als alle anderen - diese polnischen Saisonarbeiter, die in der Erntezeit alljährlich in die deutschen Grenzprovinzen kamen, um als Gastarbeiter gute deutsche Reichsmark zu verdienen. Den Ausdruck Gastarbeiter kannten wir damals nicht und der wäre uns kaum eingefallen. Es waren für uns ganz einfach ›Polacken‹, stumpfsinnige Analphabeten, ganz primitive Leute, nur für die erbärmlichsten Dreckarbeiten tauglich. ›Polnisch‹ war gleichbedeutend mit schmutzig, unordentlich, hässlich, gemein, hinterhältig, barbarisch, heimtückisch, ungebildet, kulturlos und feige. So war es uns beigebracht worden. In Polen lebten Untermenschen, die unterworfen werden mussten.

Scheiße war das, überall wurde tapfer gekämpft aber wir waren zu jung für die Feuertaufe, die den Burschen erst zum wirklichen Mann macht. Die Fronturlauber mit ihren frisch erworbenen Ordenspangen und Ehrenzeichen wurden von allen Seiten umschwärmt und konnten mit ihren abenteuerlichen Berichten vom Brennpunkt der Weltgeschichte auch die sprödesten Mädchenherzen brechen, während wir nur zusehen konnten. Wir waren ganz einfach neidisch, wollten auch gern am Kriegsabenteuer teilnehmen und als Helden im Rampenlicht stehen.«

»Am deutschen Wesen soll die Welt genesen «

Im April 1942 wurde Peter Schilling zur schweren, motorisierten Artillerie in Frankfurt an der Oder einberufen. Er hatte sich freiwillig gemeldet. Andernfalls hätte man ihn erst ein halbes oder ganzes Jahr später eingezogen und so lange wollte er nicht warten. »Endlich konnte ich ein Held werden«, gestand er mir. »Ich war von ausgesprochenem Hurrapatriotismus beseelt.«

Es dauerte indessen nicht lange, bis es seinen Vorgesetzten gelang diese idealistische Begeisterung des jungen Mannes mit Stumpf und Stiel auszurotten. Die Härte der Ausbildung und die Schikanen in der Rekrutenzeit übertrafen alles, was er sich unter soldatischer Ausbildung vorgestellt hatte. »Nun gab es aber kein Zurück mehr, mir blieb nichts Anderes übrig als die Zähne zusammenzubeißen. Schließlich hatte ich mich freiwillig gemeldet, ich hatte es selbst gewollt. All meine neuen Kameraden waren gezwungenermaßen einberufen worden. Ich war der einzige Freiwillige in meinem Verband. Das sprach sich rasch herum und erwies sich nicht als vorteilhaft.«

Schnell fand der junge Peter auch heraus, dass der Soldatenalltag und persönliche Urteilsbildung einander ausschließen und dass die Hauptaufgabe der Vorgesetzten darin besteht, ihren Soldaten keine Zeit zum Nachdenken oder zur Verarbeitung ihrer Erlebnisse zu lassen. »Wenn Soldaten nachzudenken beginnen, erschlafft die Kampfmoral und der Glaube an die Rechtschaffenheit der eigenen Sache gerät ins Wanken. Menschen mit Urteilsfähigkeit taugen nicht zur Kriegsführung«, erläuterte er mir.

Es gab Vieles im soldatischen Alltag, das er kritisch sah, aber mehr als alles andere schockierte ihn ein bestimmtes Erlebnis, dessen Zeuge er wurde und von dem er wusste, dass er es nie würde vergessen können. »Mit Gebrüll, Kommandos und Kolbenschlägen ha-

Peter Schilling als Soldat

ben Soldaten Menschen aus den Häusern getrieben. Männer, Frauen und Kinder waren darunter, junge und alte. Ich habe gesehen, wie eine Frau mit einem Baby auf dem Arm nicht rasch genug auf den Frachtraum des Lkws stieg. Sie wurde mit Gewehrkolbenstößen in den Rücken und Gebrüll angetrieben. Plötzlich hat ihr ein Soldat das Kind aus den Armen gerissen und hat es in den dunklen Frachtraum geschleudert. Die Frau hat von einem anderen Soldat erneute Kolbenschläge bekommen und kletterte nun unbeholfen nach oben. Die Rundung ihres Bauches und ihre Haltung deuteten darauf hin, dass sie schwanger war.« Der Soldat Schilling war entsetzt und wandte sich an den Wachposten mit den Worten: »Menschenskind, das ist doch nicht zu fassen! Sowas kann man doch nicht tun! Wer ist denn für diese Sauerei verantwortlich?« »Das geht dich nichts an, das sind nur Juden und anderes Gesindel, die hier raus müssen«, war die Antwort.

Das war aber erst der Anfang. Viel mehr noch wartete auf den jungen Mann, als er das Soldatenleben unter Hitler weiter kennenlernte. Nur wenige Tage später begriff er, was sich hinter dem Befehl verbarg, dass keine Gefangenen gemacht werden durften. »Eines Morgens haben sich zwei Überläufer in unserem Abschnitt gemeldet. Es war ihnen bei Nacht gelungen, sich bis in unsere Stellungen zu schleichen und sich zu ergeben. Ein Unteroffizier brachte sie zum Gefechtstand unserer Einheit. Sie wurden kurz vernommen. Man wollte wissen, woher sie kämen, was ihr Truppenteil sei u.s.w. Dann bekam der Unteroffizier den Befehl, die Gefangenen wieder mitzunehmen und zu erschießen. Die armen Schweine wussten nicht, was mit ihnen geschah. Sie haben einen Genickschuss bekommen. Das war schnell und schmerzlos, aber es war ja nichts anderes als glatter Mord! Sie hatten keine Waffen mehr, sie wollten nicht mehr auf uns schießen, sie hatten sich freiwillig ergeben weil sie die Schnauze voll hatten von ihrem Stalin, sie wollten doch nur heim zu Mutter. Solche Leute kann man doch nicht einfach abknallen wie ein Stück Vieh.«

Es geschah regelmäßig, dass Gefangene - wie hier die beiden Überläufer - erschossen wurden. Es wurde damit begründet, dass man keinen Platz für Gefangene hatte, keine ausreichende Verpflegung, keine Wachmannschaften. So fand man eine schnelle Lösung des Problems. Man hörte mancherorts im damaligen Deutschland hinter vorgehaltener Hand den Seufzer: »Wenn das der Führer wüsste.«

Peter Schilling hatte sich freiwillig zur Wehrmacht gemeldet. Er kannte das Schlagwort »Am deutschen Wesen soll die Welt genesen« und er hatte daran geglaubt. Schnell aber musste er lernen, was deutsches Wesen nationalsozialistischer Prägung für die Welt bedeutete: verhungernde Menschen in Griechenland, unterdrückte Menschen in Jugoslavien, misshandelte und deportierte Frauen und Kinder in Stalino und auf Befehl ermordete Gefangene in Atschikulak. Gleichzeitig nahm er wahr, dass deutsches Wesen sich in diesen Tagen auch kundtat in den lautstarken Propagandareden eines Josef Goebbels und in der hysterischen Zustimmung seines Publikums. Es dauerte nicht lange, bis ihm klar wurde, dass er sich von diesen Verbrechen trennen musste. Ein Freund von ihm, Heinz, brachte es zur Sprache: »Eigentlich müsste man etwas dagegen tun.« Heinz gab ihm das Stichwort Fahnenflucht, wiewohl er für sich selbst eine andere Lösung vorzog. »Ja, man musste etwas dagegen tun. Dieser Gedanke hatte sich nun tief in mir eingehakt«, erklärte mir Peter Schilling. »Ich dachte immer wieder darüber nach. Ist es nicht genau dasselbe, ob man tatenlos bei einer Schandtat zuschaut oder sich an ihr beteiligt?«

Heinz ging einen anderen Weg; er wählte die Flucht nach vorn, meldete sich zum Einsatz an der Front in der Hoffnung, dort nicht von seinen Bedenken erdrückt zu werden. Bei seinem Abschied von Peter verwies er auf die Nachkriegszeit: »Dann werden wir gründlich aufräumen, dann werden die Schuldigen für die Schweinerei büßen müssen. Jetzt können wir uns das nicht leisten, jetzt ist es unsere Hauptaufgabe den Krieg zu gewinnen.«

Den Krieg gewinnen - aber für was und für wen? Peter Schilling hatte seinen Nullpunkt erreicht. Er wollte den Krieg nicht mehr. Aber durfte er desertieren? Musste er nicht an die Familie denken? Die Entscheidung war nicht einfach. Indessen kam ihm unerwartet das Schicksal zu Hilfe, als seine Mutter sehr plötzlich starb. Es war ein traumatisches Erlebnis für den jungen Mann, aber zugleich befreite es ihn von der Angst, der geliebten Mutter weh zu tun. »Ich musste mir keine Gedanken mehr darüber machen, was sie dazu sagen würde. Ich weiß nicht, wie ich mich damals letztlich entschieden hätte, wenn meine Mutter nicht gerade zu diesem Zeitpunkt gestorben wäre. Ich war mir aber bewusst, dass ich bei meinen Überlegungen jetzt keine Rücksicht mehr auf sie zu nehmen brauchte. Ich würde keine Schande über sie bringen. Das war zuvor immer schon ein Prüfstein bei meinem Tun oder Lassen gewesen. Jetzt würde ich mich schneller und vielleicht auch billiger rechtfertigen können. Tote verlangen keine ausführlichen Begründungen, sie können nicht widersprechen, sie können keine Vorwürfe machen, nicht zustimmen oder traurig oder missbilligend den Kopf schütteln.«

Freiheit - wo gibt es die?

Peter Schilling erreichte die Schweizer Grenze und fand den Weg zu einem Bauernhaus, wo man ihm Schutz gewährte und etwas zu essen gab. Es war aber nur eine kurzfristige Atempause für den jungen Mann, denn bei diesen freundlichen Menschen konnte er auf die Dauer nicht bleiben. Er musste sich bei den Behörden melden, und so war er bald wieder auf dem Weg.

Auf der Reise im eleganten Abteil der Schweizer Bundesbahn wurde er von dem begleitenden strammen Polizisten sehr genau beobachtet. Erst als dieser sich vom gutartigen Charakter des deutschen Kriegsflüchtlings überzeugt hatte und sah, dass keine unmittelbare Fluchtgefahr bestand, wandelte sich sein Verhalten und er entspannte sich. Es hatte den Anschein, als genieße er die Fahrt durch die schöne Herbstlandschaft wie alle anderen Fahrgäste auch.

Der Beamte sprach nicht viel aber er zeigte sichtliches Interesse am Krieg, am Geschehen an der Front, an den Bombenangriffen auf deutsche Städte, erinnerte sich Peter. »Gemeinsame Ideale in dieser Welt hatten wir aber nicht, das habe ich fast sofort verstanden. Sein Horizont reichte nicht weiter als bis an die kantonalen Grenzen seiner Heimat, und für Hitler und die deutsche Kriegsmaschinerie hatte er unbegrenzten Respekt.«

An den Fragen, die er stellte, zeigte sich, was er über Fahnenflucht dachte. Es war deutlich, dass er in Schablonen dachte. Er konnte nicht verstehen, warum ein deutscher Soldat versuchen würde, sich seiner Pflicht zu entziehen. Ein Eid sei doch ein Eid und die Bolschewisten müssten besiegt werden. Deutschland verteidige Europa gegen die Bolschewisten und dabei verteidige es auch die Interessen der freiheitsliebenden Schweizer.

Peter schwieg, als er merkte, dass er bei diesem Mann kein Verständnis finden würde. Er erinnerte sich gut an die Tiraden, die er über sich ergehen lassen musste: »Was würde mit der Schweiz passieren, wenn plötzlich alle Deutschen hierher kämen um Hitler zu entkommen? Wie können wir all die Ausländer, die zu uns kommen, in die Gesellschaft aufnehmen? Was sollen wir mit all den Flüchtlingen und Deserteuren denn machen?« Es war klar, dass dieser Mann die Ankunft der »falschen« Asylbewerber als Bedrohung für die Sicherheit seines Landes empfand. Außerdem seien diese Menschen eine Belastung für den Steuerzahler, denn es gebe nicht genug Arbeit hier. Nein, die Schweiz sei kein Land für diese Fremden, und schließlich behalte ein Eid, vor Gott geschworen, zu allen Zeiten und unter allen Umständen seine Gültigkeit.

»Es war nicht das letztes Mal, dass ich so etwas hören würde«, sagte mir der ältere Herr, der an seine friedlose Jugend zurückdachte. »Später ist mir erst richtig klar geworden, dass diese Ansicht in der Schweiz gar nichts Ungewöhnliches war, sie war unter der Bevölkerung weit verbreitet. Verstehen konnte ich das nicht. Ich begriff einfach nicht, wieso Menschen in der ältesten mitteleuropäischen Demokratie so denken konnten. Aber vielleicht lag der Fehler ja bei mir und alle anderen waren im Recht. Wer weiß?«

Als Peter Schilling am Ende des Tages entdeckte, dass das Reiseziel eine Strafvollzugsanstalt war, war er schockiert - damit hatte er nicht gerechnet. Er war doch ein Flüchtling! Er gehörte doch in ein Flüchtlingslager, nicht in ein Gefängnis! Es half ihm nichts, dass er protestierte. Man schnitt ihm seine Haare bis auf die Länge eines halben Streichholzes ab und schob ihn in eine winzige Zelle. Er war nun zwar Hitler entkommen, war nicht mehr Soldat bei der Wehrmacht, aber die erlangte Freiheit war nicht die, auf die er gehofft hatte. Er war im Gefängnis gelandet.

Peter Schilling: »An diesem Tag kam ich zu der Erkenntnis, dass kaum ein größerer Antagonismus denkbar ist als die Behauptung, dass militärische Disziplin notwendig sei zur Verteidigung der individuellen Freiheit. Nirgendwo ist ein Mensch weiter von seiner tieferen Bindung zu anderen Menschen, seinen Angehörigen und Freunden, entfernt als in militärischem Dienst. Nirgendwo ist er unfreier und darf er weniger seinen Gefühlen und Empfindungen nachgeben. Dennoch wird behauptet, dass Militärdienst notwendig sei zur Verteidigung von Freiheit, Familie, Volk und Vaterland. Welch ein Hohn!«

Widerstand

Die Geschichtsbücher, die sich mit dem Dritten Reich beschäftigen, dokumentieren neben den Schrecken der NS-Diktatur und der Kriegshysterie auch Beispiele von Menschen, die sich dem System verweigerten. Es gibt inzwischen sehr viel Literatur dazu, die teilweise im Ausland noch wenig bekannt ist. Es gab damals sehr unterschiedliche Formen der Verweigerung. Es gab Jugendliche, die weder der Hitlerjugend noch dem BDM (dem Bund Deutscher Mädel) beitraten und die, sobald die Mitgliedschaft zur Pflicht wurde, alles taten, um eine aktive Teilnahme zu vermeiden. Es konnte schon ein Zeichen von Opposition sein, wenn man den sogenannten »deutschen Gruß« nicht benutzte. Besonders rebellisches Verhalten fand man unter Mitgliedern von Gruppen wie den Edelweißpiraten im Rheinland und der Swingjugend in Großstädten wie Berlin und Hamburg. Diese Gruppen waren im Grunde unpolitisch, wollten aber ihre eigenen Wege gehen. Es ging ihnen um eine Gegenkultur zum uniformierten Alltag der Hitlerjugend.

Die bekannteste unter den bewusst politischen Jugendgruppen war die von Studenten in München organisierte »Weiße Rose«. Führende Mitglieder waren die Geschwister Hans und Sophie Scholl, Christoph Probst, Willi Graf und Alexander Schmorell. Nach ihrer Festnahme 1943 wurden sie wegen »Wehrkraftzersetzung«, »Feindbegünstigung« und »Vorbereitung zum Hochverrat« vom Volksgerichtshof unter Richter Roland Freisler zum Tode verurteilt. Die Geschwister Scholl und ihre Freunde bewiesen seltenen Mut und große Tapferkeit in äußerst gefährlicher Zeit. Inzwischen haben Bücher und Filme ihren Widerstand eindrucksvoll dokumentiert.

Verteilt über das ganze Land gab es bekannte und unbekannte Menschen, die unter Lebensgefahr gegen das Regime arbeiteten. Einer von ihnen war Pastor Martin Niemöller. Im September 1933 gründete er den Pfarrer-

Notbund (später als »Bekennende Kirche« bekannt), dem bald rund 7000 Mitglieder angehörten. Unmittelbarer Anlass war die Einführung des sogenannten Arierparagraphen gewesen, der die Entlassung kirchlicher Amtsträger jüdischer Herkunft zum Ziel hatte. Von 1937 bis Kriegsende war Niemöller »als Hitlers persönlicher Gefangener« in den KZs Sachsenhausen und Dachau inhaftiert.

Ein anderer Regimegegner war der evangelische Theologe Dietrich Bonhoeffer, für den das Verbrechen an den Juden zum entscheidenden Motiv wurde, sich mit den militärischen Widerständlern Admiral Wilhelm Canaris und General Hans Oster zu verbünden. Am 9. April 1945, dem Tag, an dem Dänemark die Befreiung von deutscher Besatzung feierte, wurden alle drei im KZ Flossenbürg im Schnellverfahren zum Tod durch den Strang verurteilt und hingerichtet.

Der Diplomat Rudolf von Scheliha war bis 1939 Mitarbeiter der deutschen Botschaft in Warschau und danach Leiter einer »Informationsabteilung« im Auswärtigen Amt. Er nutzte seine Stellung, um sich für Polen und Juden einzusetzen, sammelte in umfassender Weise Informationen über NS-Verbrechen und schmuggelte diese unter hohem persönlichen Risiko nach Großbritannien. Seine detaillierten Berichte zählen zu den frühsten Belegen für den in Osteuropa begonnenen Holocaust. Er reiste auch in die Schweiz und übermittelte dort die ihm bekannt gewordenen Informationen über die Ermordung von Geisteskranken, die »Endlösung der Judenfrage« und den Bau von Vernichtungslagern. Am 29. Oktober 1942 wurde Scheliha von der Gestapo verhaftet. Er wurde gefoltert, wegen angeblichen Landesverrats zum Tode verurteilt und im Strafgefängnis Berlin-Plötzensee hingerichtet. Bis 1986 galt er in der bundesdeutschen Geschichtsschreibung wegen einer nicht nachweisbaren Verbindung zur »Roten Kapelle« als sowjetischer Spion. Inzwischen wird er aber zu Recht, auch mit einer nach ihm benannten Straße, als Widerstandskämpfer gewürdigt.

Man greift zu kurz, wenn man den deutschen Widerstand auf das Attentat vom 20. Juli 1944 beschränkt. Widerstand konnte sehr verschieden aussehen. Es war Widerstand, wenn jemand einem Zwangsarbeiter ein Stück Brot zusteckte, wenn jemand einen geistig Behinderten vor dem drohenden Abtransport rettete, so wie auch, wenn jemand den Weg zu einer ausländischen Widerstandsgruppe fand. In allen Altersgruppen und in allen Gesellschaftsgruppen gab es Menschen, die nicht mitmachten. Viele von ihnen sind bekannt, andere nicht. Viele sind geehrt, andere nicht. Auch Kriegsdienstverweigerer und Fahnenflüchtige gehören in diese Gruppe, denn es war schließlich die Wehrmacht, die den kriminellen Angriffskrieg überhaupt erst möglich machte.

Ein radikaler Schritt

Strenge Disziplin und persönliche Unterwerfung wurde zu allen Zeiten vom deutschen Soldaten gefordert. Während der Hitlerjahre kam aber in Gestalt der NS-Ideologie noch etwas Anderes hinzu, dem sich jeder Soldat anzupassen hatte. Zur geforderten neuen Denkweise gehörte beispielsweise eine total veränderte Auffassung von Recht bzw. Unrecht im Krieg. Diese an sich schon kuriose Frage erzeugte Unsicherheit unter den einfachen Soldaten.

Diese Unsicherheit war verständlich. Menschen, die ethnischen Minoritäten angehörten, waren von nun an nicht mehr als gleichwertig zu betrachten und internationale Verträge brauchten nicht mehr eingehalten zu werden. Parallel zu rücksichtsloser Disziplin im Kampf, wo etwaiges Nachdenken über moralisches Verhalten abgewürgt wurde, gab es Duldung von undisziplinierten Verbrechen an feindlichen Soldaten so wie allgemein an Menschen, die als minderwertig eingestuft wurden, sei es im eigenen Land oder auch in den Zivilbevölkerungen fremder Länder. Der einzelne Soldat war in ein persönliches Werkzeug Hitlers verwandelt. Er hatte sein Recht auf jede Art von Selbstbestimmung verloren. Dass diese Neuordnung von der Mehrheit der Bevölkerung akzeptiert wurde, machte alles noch viel schlimmer. Vor diesem Hintergrund und angesichts der ungeheuren Übermacht des Systems muss man die Fahnenflucht eines einzelnen jungen Menschen als einen sehr mutigen und radikalen Schritt betrachten. Welche Motive hier im Einzelfall eine Rolle spielten, lässt sich allerdings nicht so leicht beantworten. Viele Jahre sind seither vergangen, in denen die Betroffenen vieles erlebten und vieles erkannten, das willentlich oder unwillentlich ihre Erinnerung beeinflusst hat. Wahrscheinlich handelte es sich häufig um eine Kombination von Motiven, die letztlich zur Entscheidung führten. Es würde gewiss zu weit führen, wenn man behaupten wollte, dass alle Deserteure echte Widerstandskämpfer oder antifaschistische Helden waren. Das ist mit diesem Buch auch durchaus nicht beabsichtigt.

Häufig spielte eine grundlegende religiöse und damit verbundene pazifistische Überzeugung eine Rolle, aber das war nicht immer der Fall. Ob gläubig oder nicht, viele junge Menschen fanden die unmenschliche Art und Weise, mit der die Wehrmacht Kriegsgefangene oder Zivilisten in den besetzten Gebieten behandelte, einfach abscheulich. Sie konnten da nicht mitmachen. Andererseits konnten Gedanken an Fahnenflucht selbstverständlich auch durch die extrem brutalen und schrecklichen Erfahrungen an der Front geweckt werden. Solche Erlebnisse veränderten dann die grundsätzliche Einstellung vieler Soldaten zu diesem Krieg. Man fing an zu verstehen, um was es ging. Auch viele, die anfangs Hitlers Eroberungspolitik und den Krieg unterstützt hatten oder denen das zumindest gleichgültig gewesen war, empörten sich und änderten ihre Meinung. Wir dürfen auch nicht alle diejenigen vergessen, die am

Ende des Krieges Desertion als einzigen Weg zum Überleben sahen oder die ganz einfach das harte und brutale Soldatenleben nicht aushalten konnten. Schließlich handelte es sich ja um eingezogene Zivilisten, um Wehrpflichtige, die sich eine militärische Laufbahn nie gewünscht hatten.

Es gab aber durchaus Beispiele von mutigem Widerstand. Einer, der in diese Gruppe gehörte, war Martin Gauger. Er hatte klare politische Gründe für seine Entscheidung. Er verweigerte sich dem Regime von Anfang an. Bereits 1934 hatte der junge Jurist seinen Beamtenstatus eingebüßt, weil er sich weigerte, den Eid auf den Führer zu leisten. Später widersetzte er sich auch dem Einberufungsbefehl. Auf der Flucht in die Niederlande wurde er verwundet und verhaftet und endete im KZ Buchenwald. Gauger wurde 1941 im Todeslager Sonnenstein ermordet. Da keine Gerichtsverhandlung stattfand, zählt er nicht einmal zu den offiziellen Opfern der Kriegsgerichte.

Ich habe einige Zeit angenommen, ich könnte diesen Krieg ertragen, wenn ich nicht mit der Waffe dienen müsste, aber das ist ganz eng und falsch gedacht und eigentlich auch feig. Ich meine jetzt, man dürfe überhaupt nicht Kriegsdienst tun; in diesem Krieg wenigstens, weil er kein Verteidigungskrieg ist. Eine Beschäftigung bei der Intendantur hatte ich lange für eine Entlastung gehalten, weil ich dann nicht mit der Waffe dienen müsste. Aber dann musste ich doch sagen: Wie? Es soll einen Unterschied machen, ob du kämpfst oder ob du die Kämpfenden ausrüstest und verpflegst? Nein, es macht keinen Unterschied. Und ich kann diesen Krieg nicht fördern, ich kann nicht helfen, dass das Meer von Blut und Tränen noch andere Länder überflutet.

Martin Gauger, April 1940

Manche Fahnenflucht wurde aus Angst vor harten Strafen begangen, mit denen unerlaubte Entfernung von der Truppe gerügt wurde. Andere Desertionen geschahen aus politischer Überzeugung. Stefan Hampel z.B. verbrannte seine Uniform und schloss sich einer Widerstandsgruppe in Litauen an, nachdem er zufälliger Zeuge einer Massenerschießung von Juden geworden war. Er wollte das Internationale Rote Kreuz in der Schweiz erreichen, um auf den Völkermord in Osteuropa aufmerksam zu machen, wurde aber auf dem Weg dorthin verhaftet. Das Todesurteil wurde in 15 Jahre Zuchthaus abgewandelt und er überlebte. Aber wie andere Deserteure auch blieb er in der deutschen Nachkriegsgesellschaft sein Leben lang ein Außenseiter.

Im Mai 1942 hatte ich von meiner Truppe Urlaub nach Grodno, Lida und Wilna erhalten. Auf diesem Urlaub hatte ich das Erlebnis, welches dann den unmittelbaren Anlaß zu meiner Tat gab.

In Wassiliski wurde das Ghetto hermetisch abgesperrt und auf einem freien Platz ein Riesengrab geschaufelt. Im Ghetto wurden nun alle Juden auf der Hauptstraße zusammengetrieben. Dann wurden sie bis kurz vor das Massengrab gejagt. Besonders alte Frauen und Kinder wurden bereits auf diesem Wege abgeschossen. Die Straße war nachher übersät mit Leichen. Vor dem Massengrab angekommen, mußten sich die 2000 Juden bis auf das Hemd entkleiden und in das Grab hineinsteigen. Viele Mütter mit ihren Säuglingen an der Brust...

Stefan Hampel in der Untersuchungshaft in Freiburg, Mai 1943

Vorsicht!! Kettenhunde!

Der Einsatz von Propaganda mit dem Ziel, die Soldaten des Feindes zur Desertion zu bewegen, ist seit eh und je Bestandteil psychologischer Kriegsführung. So war es auch während des zweiten Weltkriegs.

Aus sowjetischen Flugzeugen wurden Flugblätter über den deutschen Truppen abgeworfen, die zum Seitenwechsel aufforderten. Auch die Westmächte benutzten solche Propaganda. Trotzdem erhöhte sich die Zahl der Überläufer erst nach der Schlacht von Stalingrad. Dass Seitenwechsel so selten vorkam, lag auch daran, dass es unheimlich gefährlich war. Man konnte leicht von der eigenen oder der feindlichen Seite erschossen werden oder von Minen in die Luft gesprengt werden. Angesichts so geringer Erfolgschancen musste man alles sehr genau bedenken, bevor man sich zu so einem Schritt entschloss. Allein schon über solche Pläne mit Kameraden zu sprechen, war ein Risiko. Überall gab es Denunzianten und man wusste, was einem von den Kriegsgerichten drohte.

Viele wählten daher einen anderen Weg und flüchteten zurück in ihre Heimat um sich dort zu verstecken, sei es in der Familie oder bei Freunden, im Wald oder wo immer sich eine Gelegenheit bot. Auch dieser Schritt in die illegale Existenz war mit großer Gefahr verbunden. Überall in der Gesellschaft gab es die so genannten »Kettenhunde« (»Feldgendarmen«), berüchtigte Denunzianten, die hinter ihrer Beute her waren.

Der genaue Zeitpunkt für eine Desertion war selten geplant. Häufig handelte es sich um eine schnelle Entscheidung, wenn der Augenblick günstig war, etwa am Ende der Rekrutenausbildung oder bei großen Truppenbewegungen. Es konnte auch vorkommen, dass jemand versehentlich den Kontakt zur Truppe verlor und nicht versuchte, zu ihr zurück zu finden. Oder aber ein Soldat hatte während der Zeit seines Heimaturlaubs Zeit zum Nachdenken gehabt. Er mochte Dinge erfahren haben, die ihm eine Rückkehr an die Front nach Ablauf des Urlaubs unmöglich machten.

Der Fall Gerhard Fritsche ist ein Beispiel hierfür. Nachdem er 1943 in Russland verwundet worden war, durfte er auf Genesungsurlaub nach Hause. »Als mir mein Vater dann erzählte, was sie hier mit den Juden machten, war es endgültig aus. Ich wollte nicht mehr zurück.« Fritsche versteckte sich bei einer Freundin in Berlin. Die Feldgendarmen kamen ihm aber schnell auf die Spur. Er wurde wegen Fahnenflucht vor Gericht gestellt und zum Tode verurteilt. Es sah schlimm aus. Er stand bereits gefesselt am Hinrichtungspfahl, als er von seiner Begnadigung erfuhr. Neun andere waren soeben erschossen worden.

Ob es gelang, als Flüchtling im eigenen Land unterzutauchen, hing von verschiedenen Faktoren ab. Neben der erforderlichen persönlichen Fähigkeit, unter derart schwierigen Bedingungen zu existieren, hat häufig auch reines Glück eine wichtige Rolle gespielt. Die wenigsten Desertionen waren im Voraus geplant. Man musste improvisieren, d.h. sein Versteck regelmäßig wechseln, einerseits um nicht entdeckt zu werden, aber andererseits auch, weil viele Verstecke für einen längeren Aufenthalt - vor allem in den Wintermonaten - ungeeignet waren. Es konnte sich um eine unbeheizte Hütte in den Bergen handeln, um eine Ecke in einer Scheune oder ganz einfach um eine Höhle im Wald. Es war nicht einfach, unter solchen Umständen zu überleben.

Ein Deserteur war immer abhängig von Menschen, die ihm Lebensmittel und andere lebenswichtige Produkte liefern konnten. Dann aber erforderte auch die Essenszubereitung äußerste Vorsicht. Ein Feuer zu entfachen oder Beute zu erschießen konnte leicht zur Entdeckung führen. Das Wichtigste war, dass der junge Mann Menschen hatte, denen er vertrauen konnte. Die kleinste Fehleinschätzung - und er war erledigt. Wenn menschliche Hilfe ausblieb, war er auf sich selbst gestellt, musste sich mit Diebstahl am Leben erhalten. Das wurde von den Behörden ausgenutzt, indem sie das Bild vom Deserteur als Verbrecher inmitten loyaler und rechtschaffener Bürger propagierten. Dieses Bild war während des Krieges weit verbreitet. Die Deserteure selbst waren nicht unschuldig daran, da sie nach ihrer Verhaftung während der Verhöre bereitwillig erzählten, dass sie gestohlen hatten. Dadurch gelang es ihnen, ihre Helfer zu schützen und nicht selbst zu Denunzianten zu werden.

Die wichtigste Hilfe kam oftmals von den eigenen Familien. Sie sprangen ein, wenn ein Fahnenflüchtiger krank wurde oder wenn es galt, vor einer bevorstehenden Razzia zu warnen. Nicht weniger wichtig war die moralische Unterstützung, da die Betroffenen in ihrer Isolation oftmals von Schuldgefühlen geplagt wurden. Sie mochten sich fragen: »Habe ich was Falsches gemacht? Bin ich ein Verräter?« Zur Bewältigung solcher Gedanken und Zweifel an sich selbst brauchten sie Hilfe und Unterstützung.

Die ganze Sache war aber nicht nur für die Deserteure gefährlich. Auch ihre Helfer liefen große Gefahr entdeckt, verhaftet und schwer bestraft zu werden. Dennoch haben viele mutige Menschen Deserteure versteckt und sich um ihre Grundbedürfnisse gekümmert. Sie taten es, weil es sich um einen Verwandten handelte und/oder weil sie einem anderen Menschen Menschlichkeit zeigen wollten. Sie haben es aber auch getan, um eine Art von Widerstand gegen das NS-Regime zu leisten.

Gefahr für eine Familie bestand nicht nur, wenn sie einen Deserteur in ihrer Mitte aktiv unterstützte. Manchmal genügte die bloße Verwandtschaft mit einem »Verräter«, um inhaftiert zu werden. Diese Form von Sippenhaft war ein wirksames Mittel, um auf den Flüchtling Druck auszuüben. Allein die Drohung damit hat manchen potentiellen Deserteur vom letzten Schritt zurückgehalten, weil er seine Familie nicht gefährden wollte. Es kam auch vor, dass Deserteure, die bereits untergetauscht waren, sich aus diesem Grund zuletzt doch den Behörden stellten.

Zusammenfassend können wir sagen, dass jungen Menschen, die den Krieg nicht wollten, keine attraktiven Wege zur Wahl standen. Fahnenflucht war fast die einzige Möglichkeit, dem Dienst zu entgehen, war aber immer äußerst gefährlich. Eine andere Möglichkeit war die Selbstverstümmelung, die nicht häufig vorkam. Dazu brauchte man wegen der Gefahr der Strafverfolgung eher noch mehr Mut, weshalb man sich die Sache sehr genau überlegen musste. In gewisser Weise galten Soldaten als Staatseigentum, das zu zerstören natürlich strafbar war. Auf Selbstverstümmelung stand die Todesstrafe. Eine etwas sicherere und auch häufiger benutzte Methode bestand darin, sich eine ansteckende Krankheit zu holen. Damit konnte man zumindest einen Krankenurlaub oder einen kurzen Aufenthalt auf der Krankenstation bekommen. Indessen war auch hier mit der Todesstrafe zu rechnen, wenn der »Verrat« des Täters entdeckt wurde.

Die Verschwörung

Der erste bekannte Attentatsversuch auf Adolf Hitler wurde von dem schwäbischen Möbelschreiner Georg Elser aus Heidenheim an der Brenz unternommen. Elser hatte keinerlei Verbindung zu einer Widerstandsgruppe. Er handelte allein. Das ist umso bemerkenswerter, als es erst Jahre später, erst zum Zeitpunkt schwindender Aussichten auf einen deutschen Sieg, zu neuen Attentatsversuchen auf Hitlers Leben kam.

Elser versuchte am 8. November 1939, also wenige Wochen nach Kriegsbeginn, Hitler mit Hilfe einer Zeitbombe aus dem Weg zu räumen. Er hatte sie insgeheim bei großer persönlicher Gefahr im Bürgerbräukeller am Rosenheimer Platz in München in eine Säule hinter der Tribüne eingebaut, wo Hitler eine Rede halten sollte.

Der Anschlag scheiterte. Elser, dem man lange die Anerkennung als Widerstandskämpfer versagte, wurde am
9. April 1945 im KZ Dachau ermordet.

*Sonderbriefmarke zum 100. Geburtstag des Möbel-
schreiners Georg Elser, der als erster ein Attentat auf
Hitler verübte. Am 72. Jahrestag des Anschlags 2011
wurde er endlich mit einer 17 Meter hohen
Stahlskulptur in Berlin geehrt.*

In den Jahren vor dem berühmten Attentatsversuch
Stauffenbergs vom 20. Juli 1944 gab es hin und wieder
Einzelne, die zur Tat bereit waren. Am 13. März 1943
gelang es Generalmajor Henning von Tresckow, eine
Bombe in Hitlers Flugzeug zu platzieren, bei der jedoch
die Zündung versagte. Axel von dem Bussches Bereit-
willigkeit, sich während einer Vorführung neuer Uniformen zusammen mit Hitler in die Luft zu sprengen, blieb
ungenutzt, da der schon feststehende Termin geändert
wurde. Wegen scharfer Sicherheitsvorkehrungen und
wegen Hitlers Angewohnheit, in Aussicht genommene
Besuche unmittelbar zuvor wieder abzusagen, war es
fast unmöglich, nah genug an ihn heran zu kommen.

Als Hitler 1938 die Wehrmachtsführung damit beauf-
tragte, Kriegsvorbereitungen zu treffen, gab es Offiziere
in den Steitkräften, die Hitlers Kriegspläne ablehnten.
Sie hielten den Termin für verfrüht und befürchteten,
dass bei dem derzeitigen Stand der Vorbereitungen die
unvermeidliche Niederlage zu einer nationalen Katastrophe führen würde. Im Mittelpunkt dieser militärischen Opposition stand der Chef des Generalstabs
des Heeres, Generaloberst Ludwig Beck. Da seine
Warnung erfolglos blieb, reichte er im August 1938 seinen Abschied ein.

Der zivile Widerstand in Deutschland gruppierte sich
um den Leipziger Oberbürgermeister Carl-Friedrich
Goerdeler und um den »Kreisauer Kreis« auf dem Gut
Kreisau von Helmut Graf von Moltke, dem Offiziere,
Diplomaten und Gewerkschafter angehörten. General
Oster, Chef des Zentralamtes in der Abwehrabteilung
ermöglichte den notwendigen Brückenschlag zwischen
der zivilen und der militärischen Opposition um Generaloberst Beck. Mehr und mehr Offiziere wurden für die
Überzeugung gewonnen, dass Hitler entfernt werden
musste, da von der Person Hitlers ein Bann ausging,
der andauern würde, solange er lebte. Die Verschwörer
standen vor riesigen Aufgaben. Sie mussten nicht nur
das Attentat vorbereiten, das als Initialzündung für den
Umsturz notwendig war, sondern auch Pläne für die an-
schließende Machtübernahme des Militärs anfertigen
und schließlich eine politische Zielsetzung für die Zeit
hernach ausarbeiten - letzteres ein Bereich, in dem
Goerdeler unermüdlich war und wo es große Diver-
genzen zwischen Befürwortern einer parlamentarischen
Demokratie (Hans Oster) und Befürwortern einer mehr
obrigkeitsstaatlichen Neuordnung gab.

Einer der Offiziere, der sich den Verschwörern an-
schloss, war der durch das Attentat vom 20. Juli be-
rühmt gewordene Oberst Klaus Schenk von Stauffenberg. Stauffenberg gehörte der Wehrmachtselite an und
war, wie die meisten seiner Kollegen, ein glühender Pat-

Oberst Klaus Schenk Graf von Stauffenberg

riot und konservativ in seinen politischen Ansichten. Er gehörte zu denen, die »die laufende nationale Erneuerung des Lebens« unterstützten und eine endgültige Lösung der »sozialen« Probleme für erwünscht hielten. Er hatte sein Leben dem Soldatentum gewidmet; Gehorsam und Loyalität gegenüber dem Führer des

Staates waren ihm Ehrensache. Somit hatte er dem NS-Staat bereits viele Jahre treu gedient, bevor er den verbrecherischen Charakter des Regimes erkannte und - auch wegen der Aussichtslosigkeit der militärischen Gesamtlage - zum aktiven Widerstand fand.

Eine Kriegsverletzung bahnte den Weg. Er hatte ein Auge, seine rechte Hand und zwei Finger seiner linken Hand verloren und erhielt daher das Angebot einer administrativen Stelle direkt unter General Friedrich Olbricht, der ihn mit Generaloberst Beck bekannt machte und ihn in die Konspirationspläne einweihte. Nach der Verhaftung mehrerer einflussreicher Konspirationsmitglieder - darunter Dietrich Bonhoeffer und dessen Schwager Hans von Dohnanyi - beschloss Stauffenberg, das Attentat selbst durchzuführen. Am 20. Juli 1944 gelang es ihm, eine Bombe in das schwer bewachte und geschützte Führerhauptquartier *Wolfschanze* in der Nähe der ostpreußischen Stadt Rastenburg (heute Ketrzyn) einzuschmuggeln. Er hatte Zugang zu dem Raum, wo eine Lagebesprechung mit Hitler stattfinden sollte, und stellte seine Aktentasche mit der Sprengstoffladung unter den schweren Tisch in unmittelbare Nähe Hitlers, bevor er sich mit dem Vorwand, dringend telefonieren zu müssen, entfernte. Der Attentatsversuch scheiterte. Die Explosion war nicht kräftig genug, und Hitler überlebte mit beschädigtem Trommelfell und Verbrennungen an der linken Seite seines Körpers.

Die Verschwörer wurden schnell gefunden. Stauffenberg, General Friedrich Olbricht und ein paar andere Offiziere wurden noch in derselben Nacht ohne vorhergehende Gerichtsverhandlung im Hof des Bendlerblocks in Berlin erschossen. Generaloberst Beck wurde gestattet, Selbstmord zu begehen. Andere aus dem Kreis der Verschwörer, Admiral Wilhelm Canaris, der ehemalige Chef der Spionageabwehr General Hans Oster, Hauptmann Gehre, Richter Karl Sack, Rechtsanwalt Hans von Dohnanyi, der Legationsrat Adam von Trott zu Solz und der evangelischen Pfarrer Dietrich Bonhoeffer wurden erst später vor Gericht gestellt, zum Tode verurteilt und hingerichtet.

Nach dem misslungenen Attentat nahm Hitlers Popularität in der Bevölkerung eher noch zu. Die Attentäter wurden als Verräter betrachtet, die den Treueid auf den Führer gebrochen hatten. Vor Jahren, - so empfand man - als das Kriegsglück auf deutscher Seite war, hatten die Offiziere den Nationalsozialisten treu und eifrig gedient; jetzt aber, wo das Kriegsglück sich gewendet hatte, hatten sie versucht, ihren Führer zu töten.

Diese Auffassung der Ereignisse vom 20. Juli 1944 hielt sich noch jahrelang, nachdem der Krieg beendet war. Noch 1951 war ein Versuch, die Urteile gegen die Verschwörer zu annullieren, nicht erfolgreich. Ein Gericht in München erklärte, dass sie »wegen Landesverrats verurteilt worden waren gemäß der geltenden Rechtslage.« Es dauerte geraume Zeit, bis sich die Beurteilung der Ereignisse wandelte. Die Verschwörer wurden zunehmend als Vertreter eines besseren und anderen Deutschland geachtet. Man fing an, in ihnen Helden des Widerstands zu ehren. Stauffenbergs Name und die Aktion vom 20. Juli wurde bald zum Inbegriff dessen, was man unter dem »Widerstand gegen die Nazis« verstanden wissen wollte. Im westlichen Teil Deutschlands, in der die West-Integration anstrebenden Bundesrepublik, kam der beachtliche kommunistische Widerstand gegen die Nazis vergleichsweise viel zu wenig in den Blick.

Stauffenberg repräsentierte von nun an den guten Deutschen. Nicht, dass er zunächst viele Jahre dem NS-Staat gedient hatte, war nunmehr von Wichtigkeit, sondern dass er als tapferer Gegner des Regimes das Attentat gewagt und seinen Einsatz mit dem Leben bezahlt hatte.

Es ist allerdings auffällig, dass angesichts der vollständigen Rehabilitierung und regelmäßigen offiziellen Ehrung der Männer vom 20. Juli eine entsprechende Würdigung der 30 000 Deserteure, die ihre Beteiligung an dem verbrecherischen Angriffskrieg verweigerten, bis heute ausgeblieben ist. Erst nach jahrelangem Kampf für ihre Würde wurden sie mit knapper Mehrheit im Bundestag halbherzig rehabilitiert. Auf die Anerkennung seitens ihres Landes und seitens ihrer Mitbürger warten sie auch heute noch - die wenigen, die noch leben, und die Angehörigen derer, die hingerichtet wurden, weil sie an die Freiheit aller Menschen glaubten und mit dem völkermörderischen Krieg nichts zu tun haben wollten.

2009 wurde in Deutschland der Stauffenberg-Film mit Tom Cruise gezeigt. Die Werbeplakate, an denen Ludwig Baumann vorbeilief, lösten eine Mischung aus Bitterkeit und Verzweiflung in ihm aus, die ihn schon sein Leben lang begleitet hatten. Wie war es möglich, dass Hollywood den Aristokraten Stauffenberg als Helden verehrte, während ein einfacher Soldat, der sich privat kritisch über das Regime geäußert oder vielleicht einem Juden oder Kriegsgefangenen geholfen hatte, selbst 64 Jahre nach dem Krieg immer noch als Verräter galt?

Der Ehrenhof im Bendlerblock in Berlin ist heute das Zentrum der Gedenkstätte Deutscher Widerstand. In dem umliegenden Gebäudekomplex hatte das Oberkommando der Wehrmacht während des Krieges seinen Sitz. Die Bronzeskulptur von Richard Scheibe, die einen jungen Mann mit gefesselten Händen darstellt, gedenkt der Ereignisse vom 20.Juli 1944. Dies war die Stelle, an der Ludwig Baumann im Jahr 2000 im Gedenken an alle ermordeten Kameraden seinen Kranz niederlegte.

Hände falten, Köpfchen senken
und an Adolf Hitler denken.

Am 30. Januar 1933 wurde Hitler Deutschlands Reichskanzler. Diese Machtübernahme kam einer Revolution
gleich und das war beabsichtigt. Das »Dritte Reich«
sollte die Gesellschaft von Grund auf verändern und
tausend Jahre lang bestehen.

Für das deutsche Volk änderte sich das private und öffentliche Leben in radikaler Weise fast von einem Tag
auf den anderen. Die neue Zeit zeigte sich in allen Bereichen. Der übliche Gruß mit dem Hut verschwand vom
Straßenbild zu Gunsten des »Deutschen Grußes« (den
wir heute als den Hitlergruß kennen) und in öffentlichen
Ämtern, in vielen Geschäften, Bierkellern und Restau-
rants, gab es ermahnende Plakate mit Sprüchen wie:
»Stadt und Land grüßt fröhlich mit Herz, Mund und
Hand: ›Heil Hitler‹.« Traditionelle, höfliche Umgangsfor-
men verschwanden allmählich und ein starkes Element
von Misstrauen war bald überall zu spüren. Jede Ha-
kenkreuzflagge, der man begegnete, musste mit erho-
benem Arm gegrüßt werden. Wollte man sich dem
entziehen, musste man ständig die Richtung wechseln
und in Seitenstraßen flüchten, wenn eine Marschkolon-
ne sich näherte.

Die Revolution drang in alle Bereiche ein, so zum Beispiel auch in den Kindergarten. Kleine Kinder lernten mit
Gebeten, wem sie Dank schuldeten: »Hände falten,
Köpfchen senken und an Adolf Hitler denken.« Für die
Schulen lauteten die Anweisungen: »Lehrer und Schüler
grüßen einander mit dem deutschen Gruß. Zu Beginn
jeder Stunde schreitet der Lehrer nach vorn vor die
Klasse und grüßt, indem er den rechten Arm hebt mit
den Worten ›Heil Hitler‹.«

Adolf Hitler sei der Retter des Volkes, wurde gesagt,
und niemand durfte daran zweifeln. Die Deutschen sollten sich als das Herrenvolk mit ganz besonderen Rechten begreifen. Goebbels Propagandaministerium tat al-

les, um dieser Wahrheit zum Durchbruch zu verhelfen. Er schrieb in der NS-Zeitung *Der Angriff:* »Es ist unser Schicksal zu einer überlegenen Rasse zu gehören. Eine niedere Rasse braucht weniger Platz, weniger Kleidung, weniger Essen und Kultur als eine überlegene.« Die Bevölkerung ließ sich mittels dieser Propaganda für die nationalsozialistische Ideologie gewinnen und reagierte mit steigender Begeisterung. Es überrascht nicht, dass unter solchen Umständen wenig Protest laut wurde. Nur wenige sprachen offen von einem Verbrechen gegen die Menschlichkeit, als die neue Politik in der Gesellschaft auf brutalste Weise durchgesetzt wurde. Hitlers Weg sei der richtige, dachte man. Er sei, was das Volk brauche.

Die großen Erfolge der Anfangsjahre der NS-Diktatur täuschten die Welt nur vorübergehend. Das Dritte Reich, das ein tausendjähriges Reich hatte werden sollen, endete nach 13 entsetzlichen Jahren in Schutt und Asche. Der deutsche Angriffskrieg brachte Millionen von Menschen verschiedener Nationalitäten, darunter auch der eigenen, unermessliches Leid. Allein in der Sowjetunion verloren mehr als 25 Millionen Menschen ihr Leben, darunter 3,3 Millionen wehrpflichtige Soldaten, die in deutschen Gefangenenlagern ums Leben kamen. Sie erfroren, verhungerten oder starben an Typhus und anderen Krankheiten.

Das Ausmaß der Opfer der rassistischen Ideologie des NS-Regimes ist schwer fassbar: 6 Millionen Juden, eine Viertel bis halbe Million Sinti und Roma, unzählige geistig Behinderte, psychisch Kranke und andere Personen, deren Leben nach der Meinung der NS-Machthaber nicht lebenswert war, wurden planmäßig ermordet. Millionen andere kamen bei den direkten Kriegshandlungen ums Leben. Dutzende von deutschen und ausländischen Städten wurden total verwüstet, Millionen wurden aus ihrer Heimat vertrieben. All dies geschah, weil eine Nation, aus welchem Grund auch immer, sich von einer Ideologie und einer Gruppe von Fanatikern und Mördern verführen ließ und weil die ältere Generation es zuließ, dass ihre jungen wehrpflichtigen Männer für kriminelle Ziele missbraucht wurden.

In der Todeszelle

Der Deserteur Ludwig Baumann war Tag und Nacht gefesselt. Jeden Morgen wartete er auf seinen Henker. Zweihundertundvierzigmal bereitete er sich in dieser Weise auf sein nahendes Ende vor.

»Ich wurde gefoltert, weil ich die französischen Freunde vom Widerstand nicht verraten habe, aber auch weil wir mit Spaniern, die dort als Geisel inhaftiert waren, einen Ausbruchversuch unternommen hatten. Das waren ca. 90 Geiseln. Es waren Männer, aber auch Jungs dabei von zehn, elf, zwölf Jahren. Ungefähr drei Wochen nach dem misslungenen Ausbruchversuch wurden deren Angehörige auf den Gefängnishof gebracht, um sich zu verabschieden. Da sah ich durch die Gitter Frauen und Mütter, die ihre Kinder und Männer in die Arme nahmen und schrien und sie nicht loslassen wollten. Ich sah Soldaten der Wehrmacht, die sie brutal auseinander rissen. Sie wurden alle umgebracht, auch die Kinder.«

Dies war die Stunde der schmerzlichen Geburt von Ludwig Baumanns politischem Bewusstsein.

In Schweiß gebadet und mit einem Ruck wacht Ludwig auf. Wieder hat jemand an die Zellentür gehämmert. Klar, jetzt kommen sie - die uniformierten Wachen, jetzt werden sie ihn auf den Gefängnishof holen, jetzt werden sie ihn erschießen. Aber nein, sie kommen nicht; auch an diesem Morgen kommen sie nicht. Es war wieder nur der Alptraum, der sich gemeldet hat. Fast jede Nacht ist er da, immer noch, auch heute, über ein halbes Jahrhundert später. Im Schlaf kehren die Erinnerungen zurück, dagegen ist er wehrlos. Im Schlaf ist Ludwig wieder in der Todeszelle. Wieder ist er von der Gnade der Richter und Wachen total abhängig. Dies ist das Trauma des Deserteurs, so sieht seine lebenslange, nächtliche Hölle aus.

»In unserer Geschichte sind die Soldaten immer dazu missbraucht worden alles zu zerstören - fremde Länder, das eigene Land und auch sich selbst. Und hinterher konnte nie einer sagen, was der, den er tötete, ihm denn getan hat. Es ist doch ein Wahnsinn: wenn ich einen Menschen umbringe, bin ich ein Mörder und wenn es mir befohlen wird, bin ich ein Held.«

Ludwig Baumann

Widerstand in Bild und Wort

Die Henker und Wachen taten - nicht anders als die Mehrheit der Deutschen - das, was das NS-Regime von ihnen forderte. Aber glücklicherweise gab es daneben auch eine Minderheit von Menschen, die den Gehorsam verweigerten. Das waren aufrechte Menschen, die zu einer Zeit, in der so viele einer verbrecherischen Ideologie anhingen, von ihrem Glauben an Gerechtigkeit und Menschlichkeit geleitet wurden. Zwei von ihnen waren Hans und Lya Kralik.

Das Ehepaar wurde 1943 von französischen Kameraden für die Mitarbeit im »Komitee für ein Freies Deutschland« in Lyon gewonnen. Nachdem die Rote Armee die Schlacht in Stalingrad und Kursk gewonnen und damit die entscheidende Wende im Krieg herbeigeführt hatte, fühlten deutsche Widerstandsgruppen innerhalb des besetzten Frankreichs sich ermutigt, ihre Aktivitäten zu verstärken. Der Schwerpunkt ihrer Arbeit verlagerte sich nunmehr auf die Beeinflussung der deutschen Soldaten im Land. Hans Kralik hatte schon des längeren in Bild und Wort für den Widerstand illustriert. Der neue Auftrag bestand jetzt in der Herstellung von illegalen Papieren, Broschüren, Plakaten und Flugblättern mit der Zielgruppe der deutschen Besatzungssoldaten in Südfrankreich. Für einen professionellen Grafiker wie Kralik war so ein Auftrag selbstverständlich nichts Neues, aber die finanziellen Mittel, die zum Beschaffen von Papier und anderen Druckmaterialien zur Verfügung standen, waren leider sehr begrenzt. Es war auch schwierig, eine Druckerei zu finden. In dieser Notlage errichteten die Kraliks eine solche im Dachgeschoss ihres eigenen Hauses in Lyon, wo sie unter anderem Publikationen wie *Freies Deutschland, Unser Vaterland, Soldat am Mittelmeer* und *Der Ausweg* herausbrachten und vertrieben. Sie druckten Flugblätter mit den Worten: »Wer deutsch denkt und fühlt und dem Vaterland treu bleiben will, bricht mit Hitler und beendet den Krieg.« Widerstandskämpfer wie das Ehepaar Kralik haben nicht nur zur Desertion aufgerufen, sie haben auch vielen Soldaten praktisch zur Flucht verholfen.

Ich habe von diesem bewunderungswürdigen Ehepaar zum ersten Mal gehört, als ich mich mit der dritten Hauptperson meines Buches, mit dem Deserteur Helmut Kober unterhielt, der mich durch seine Menschlichkeit beeindruckte.

»Es war 1953 oder 1954, da erhielt ich einen Anruf von Hanns Kralik, der in Düsseldorf mit Frau Lya wohnte«, erzählte Helmut. ›Bist du Helmut Kober?‹ sagte er ein wenig verlegen. Ich bejahte es und er sprach weiter: ›Ich habe Artikel und Berichte von dir in der Zeitung gelesen. Du bist mein Kamerad. Bitte besuche uns. Meine Frau und ich freuen uns auf ein Plauderstündchen mit dir.‹ Dieser Einladung folgte ich gern, denn Hanns Kralik war bekannt als ideenreicher Zeichner und Grafiker, ein anerkannter Künstler. Ich ging zum Düsseldorfer Rheinufer, wo die Kraliks in der Altstadt wohnten, und wurde freundlich und herzlich empfangen. Wir nahmen Platz an einem Tisch vor einem großen Fenster mit Blick auf den Rhein. Die Hausfrau servierte Kaffee und Kuchen und der Hausherr kredenzte einen echten französischen Cognac. ›Souvenir von unseren französischen Freunden‹, sagte er leise. Nun begann das Erzählen über die Kriegsjahre und die Zeit danach.«

Soldat am Mittelmeer

Juni 1943

Nach Stalingrad... Tunis

*»Soldat am Mittelmeer« war eine der illegalen
Zeitungen der Bewegung »Freies Deutschland«,
die in der Wohnung von Hanns und Lya Kralik
in Lyon hergestellt wurde.*

Nicht alle Deutschen sind Nazis

Helmut Kobers Vater war Sozialdemokrat und Frei-
denker. Er gehörte einer Organisation an, die säkularen
und wissenschaftlichen Prinzipien verpflichtet war. Der
junge Helmut selbst war Mitglied der Falken, der sozialdemokratischen Organisation für Kinder unter 14 Jahren. »Ich distanzierte mich von allen Nazi-Organisa-
tionen und von frühestem Alter an hatte ich viele
Schwierigkeiten, aber ich ließ es nicht zu, dass mich
das fertig machte.« 1940 wurde er zum Luftgaunach-
richten-Regiment 2 in Posen abkommandiert, einer Einheit, die für den Einsatz von Fernschreibern und für
Telefonverbindungen zuständig war. Hier erwarb er drei
Führerscheine, wurde zum Telegrafisten ausgebildet
und diente während der meisten Zeit des Krieges im
Fernmelde-Korps hinter der Front. In dieser Position sah
Helmut Kober, wie sehr die Menschen anderer Länder
unter der deutschen Okkupation zu leiden hatten. Er
sah das Warschauer Ghetto und die Ghettos von Wilna
und Minsk.

»Bei uns in der Nähe arbeitete für einige Wochen eine
Gruppe von Juden«, erinnerte sich Helmut. »Ich sammelte sie jeden Morgen in einem Lastwagen ein und
fuhr sie am Abend zurück. Ein jüdischer Sportstudent
aus Wien gehörte zu dieser Gruppe von Zwangs-
arbeitern. Er vertraute mir und wir sprachen oft miteinander. Ein Stabsfeldwebel, mit dem ich offen reden
konnte, gab mir häufig Essen, Brot, Wurst, Butter und
anderen Proviant, den ich an den jungen Studenten wei-
terreichte, der ihn im Gegenzug an andere verteilte. Er
und seine jüdischen Freunde versicherten mir, dass sie
deshalb trotz ihrer Leiden auch manchmal glückliche
Augenblicke hätten.

Eines Tages, Anfang Mai 1943, bat der junge Student
dringend darum, mich zu sehen. Er war bleich und nie-
dergeschlagen. Während einer Arbeitspause setzte ich
mich mit ihm zusammen und versuchte ihn aufzumun-

Helmut Kober als Soldat

tern. Er schaute mich an und sagte mit zitternder Stimme: ›Morgen werden wir nicht zur Arbeit kommen. Sie werden uns abholen und erschießen. Erzählen Sie den anderen nichts, sie wissen bisher noch nichts davon.‹ Ich versuchte ihm das auszureden und ihn zu beruhigen, aber er erlaubte das nicht. ›Nein, versuchen Sie das nicht, wir sind nicht die ersten, die getötet werden. Danke, dass Sie so freundlich zu uns waren. Es war ein Segen für uns alle. Mit Ihren freundlichen Worten und vielen guten Taten haben Sie unser Schicksal viel einfacher gemacht. Wir haben Ihr Mitgefühl immer gespürt. Wir hoffen, Sie überleben diese schlimme Zeit.‹

Zur Erinnerung gab er mir ein Buch von Henrik Ibsen, das ich bis heute sorgfältig aufbewahrt habe. Handgeschrieben steht in dem Buch: ›Cilli Josephs, Bremen.‹ Vielleicht hat Cilli Josephs es dem jungen Juden gegeben, bevor sie selbst erschossen wurde. Am nächsten Tag sah ich die Kolonnen der Juden, die wegtransportiert wurden. Die Stelle des Verbrechens befand sich wenige Kilometer von der Stadt entfernt und die Opfer wurden gezwungen dorthin zu gehen, oder sie wurden mit Lastwagen gefahren. Dort wurden sie dann alle erschossen. Die Täter waren SS- und SD-Leute, aber Angehörige der regulären Streitkräfte halfen dabei.

All diese grausamen Verbrechen, deren Zeuge ich wurde und die von den deutschen Besatzungsmächten in der Sowjetunion, Litauen, Polen und anderen Ländern begangen wurden, erzürnten mich maßlos und sind bis heute eine schreckliche Bürde für mein Gewissen. Immerhin war ich Deutscher und ich trug die Uniform mit dem deutschen Nazi-Vogel auf der rechten Brust. Ich habe in Minsk gesehen, wie die SS, die Wehrmacht und die Polizei hunderte von jüdischen Männern, Frauen und Kindern durch die Straßen jagten und sie in Lastwagen zu den Vernichtungsstätten außerhalb der Stadt fuhren. Es war in solchen Momenten, dass ich mich meiner Nationalität schämte.«

Um diese Zeit lernte Helmut die junge russische Musikerin Natascha Harpf in Minsk kennen. Er war beauftragt, sie und eine Gruppe von Symphonikern der Minsker Oper zu einem kulturellen Abend für das deutsche Militär zu fahren. »Natascha und ich trafen uns danach oft in unserer Freizeit und sprachen über Kunst, Literatur und Musik, aber auch über Hitler und Stalin. Einmal sagte sie zu mir. ›Es ist schade, dass Sie in der Armee sind. Ich würde Ihnen gern helfen, freizukommen.‹

›Wie könnten Sie das?‹ fragte ich.

›Ich will zusehen, dass Sie nach Moskau kommen. Ich habe die nötigen Verbindungen‹, erwiderte sie. ›Sie werden andere deutsche Emigranten treffen, Sie können studieren und nach dem Krieg nach Hause zurückkehren.‹ Es war verlockend, aber ich hatte auch meine Zweifel.

›Dies ist nicht mein Krieg‹, sagte ich. ›Meine Feinde sind Hitler und alle anderen Nazi-Verbrecher. Ich möchte helfen, unterdrückte Leute, einschließlich meiner selbst, zu befreien. Ich sollte Kontakt mit dem organisierten Widerstand aufnehmen und, wenn sich die Gelegenheit bietet, werde ich desertieren. Ich danke Ihnen, liebe Natascha, für das große Vertrauen, das Sie mir mit Ihrem Angebot entgegengebracht haben. Ich werde immer an Sie denken und Sie sollen nicht von mir enttäuscht werden.‹

Natascha war bewegt und sie gab mir ein Photo zur Erinnerung, auf dem stand: ›Ich danke Ihnen für das Vergnügen, Sie getroffen zu haben. Sie haben mich überzeugt, dass nicht alle Deutschen Nazis sind.‹«

Ich habe bei der Division Brandenburg gedient. Bei Kiew hat man uns im Verpflegungslager ein paar Sachen gestohlen. Die russischen Leute hatten Hunger, ganz klar. Da hieß es dann: Die Einheit antreten! Das ganze Dorf, ein Vorort von Kiew, muß niedergemacht werden! Das war der Punkt, wo ich im Grunde genommen meine Gesinnung umgeschmissen habe. Wie es hieß: Alles abmetzeln! Da kamen die Frauen mit den Kindern auf dem Arm an. Da habe ich gesagt: Nee, das mache ich nicht. Da wurde ich in die Zwickmühle gestellt: Das ist Befehlsverweigerung! Es tut mir leid, sag ich, aber ich mache das nicht. Da hab ich auf dem Boden langgeschossen. Das hat man gesehen. Da hat man mich rausgezogen...

Lothar Pfeiffer

Internationales Recht? - Irrelevant!

Nachdem Hitler viele europäische Länder angegriffen und seine Regeln des Terrors etabliert hatte, forderte er Anfang März 1941 - wenige Monate vor dem Angriff auf die Sowjetunion - von den Führern der Streitkräfte die Zusage, dass der Krieg gegen Russland ein totaler Krieg, ein Krieg ohne Gnade sein solle. »Ein Krieg gegen die Sowjetunion kann nicht ritterlich geführt werden«, fügte er hinzu. Alles war vorbereitet für eine vollständige Vernichtung. Schließlich gehe es um einen Kampf zwischen entgegengesetzten Ideologien, der deshalb mit nie dagewesener Härte durchzuführen war.

Nach dem Angriff auf die Sowjetunion erreichte die deutsche Kriegspolitik eine neue Stufe. Das Ziel war nicht mehr allein die militärische Unterwerfung anderer Völker, sondern die totale Auslöschung ihres Rechts auf freie Existenz und Selbstbestimmung. Die deutsche Kolonisation sollte sich bis hin zum Ural erstrecken und zur Versklavung der dort lebenden »minderwertigen« indigenen Völker führen. In Helmut Kobers Einheit in Minsk konnte man sich 1942 für künftige Aufgaben auf landwirtschaftlichen Höfen in Ost-Russland nach deren Einnahme bewerben. Man konnte zum Beispiel Aufsichtsperson werden und die Arbeit russischer Zwangsarbeiter überwachen. Diese Art des Denkens blieb nicht ohne Einfluss auf das persönliche Verhalten von Deutschen gegenüber den russischen Kriegsgefangenen und kennzeichnete die Einstellung den besiegten Völkern gegenüber ganz allgemein. Deutsche Soldaten konnten die Genfer Konvention einfach ignorieren, da dies von höchster Stelle angeordnet und gebilligt wurde. »Deutschen Soldaten, die dem internationalen humanitären Recht zuwiderhandeln, kann vergeben werden«, hatte Hitler erklärt. Leider war dies nicht das letzte Mal, dass eine Supermacht sich über internationales Recht hinwegsetzte.

Viele deutsche Soldaten waren Zeugen von deutschen Verbrechen gegen die Menschlichkeit. Sie sahen zu und beteiligten sich an Massenmorden in den Ghettos von Warschau, Minsk, Wilna und Riga. Sie hatten Kenntnis von Hinrichtungen und wussten um den Völkermord an Juden, Sinti und Roma. Soldaten waren Zeugen bei der Erschießung von Kameraden, die tapfer Flugblätter verteilt oder Diskussionsgruppen innerhalb der Truppe gebildet hatten oder die geplant hatten, zur anderen Seite zu wechseln. Viele hatten Schuldgefühle, weil ihre antifaschistische Überzeugung ihnen eigentlich verbot mitzumachen. Aber um den letzten Schritt zu wagen und zu desertieren brauchte man großen Mut.

Gerhard Dengler war Hauptmann seiner Einheit im »Kessel von Stalingrad«. Ihm wurde von sowjetischer Seite ein ehrenhaftes Kapitulationsangebot gemacht und er bat Feldmarschall Paulus dies zu akzeptieren, um das Leben deutscher Soldaten zu retten. Paulus schlug das Angebot aus, weil er sich durch den Eid auf Hitler gebunden fühlte. Er ergänzte seine abschlägige Antwort mit der Bemerkung: »Hauptmann, jetzt ist der Zeitpunkt gekommen, wo die Initiative an die unteren Befehlsränge abgegeben wird.«

Dengler begriff, dass die Generäle zu feige waren zu kapitulieren, d.h. den Befehlen des Führers zuwider zu handeln und damit den Eid zu brechen. Die Offiziere der niederen Ränge sollten selbst entscheiden. Dengler entschied sich fürs Leben, das eigene und das seiner Soldaten und wechselte die Seite. Große Teile der benachbarten Division folgten seinem Beispiel. Dengler schrieb später: »Ich habe feige Generäle gesehen und ich habe Ärzte gesehen, die die Nahrungsportionen aßen, die für die Gefangenen vorgesehen waren. Die Welt, aus der ich kam, verbrannte in Stalingrad.«

Geheimes Treffen in Paris

Als Mitglied einer Fernmeldeeinheit hatte Helmut Kober vom »National-Komitee Freies Deutschland« gehört und mit einigen Freunden, denen er vertraute, konnte er darüber frei diskutieren. Sie vereinbarten, bei der ersten sich bietenden Gelegenheit zu desertieren und sich mit dieser Widerstandsgruppe in Verbindung zu setzen. Aber ihre Pläne erwiesen sich als undurchführbar, weil ihre Einheit zu Beginn des Jahres 1944 in Richtung Westen versetzt wurde.

»Wir fuhren in Kolonnen nach Ostpreußen, wo unsere Fahrzeuge und unsere Ausrüstung überholt wurden. Nach einem kurzen Aufenthalt wurde alles in Güterzüge verladen und die Reise ging weiter durch ganz Deutschland in Richtung Frankreich, nur unterbrochen von Fliegeralarm. Wir kamen in einem Pariser Vorort an und das Hotel ›Zur Normandie‹ wurde von da an das Hauptquartier meiner Einheit.

Eines Tages ersuchte ich um Ausgang, um nach Paris zu fahren, weil ich in das Krankenhaus der Luftwaffe gehen wollte, um mich dort zahnmedizinisch versorgen zu lassen. Ich fuhr mit der Metro und stieg an der Haltestelle St. Lazare aus. Ich schlenderte durch die Straßen, genoß den Großstadtverkehr, die vielen Menschen und Autos. Viele Citroens fuhren mit Holz und hatten vorn Holzverbrennungsmaschinen installiert. In Paris war es zu dieser Zeit fast unmöglich für Zivilisten, an Benzin zu kommen.

Plötzlich trat ein Mann mit einer Zigarette in der Hand vor mich hin und fragte: ›Entschuldigung, Kamerad, hast du Feuer?‹

Ich zog mein Feuerzeug hervor, zündete seine Zigarette an und fragte verwundert: ›Ein Deutscher in Zivilkleidung? Bist du im öffentlichen Dienst beschäftigt?‹

›Können wir ein paar Schritte gehen?‹ war die Antwort des Fremden. Wir gingen los und er sprach weiter: ›Ich bin ein Österreicher aus Wien und habe für eine Weile in Paris gelebt. Ich bin nicht in der Armee oder im öffentlichen Dienst. Bist du hier in Paris stationiert?‹

›Erst seit kurzem‹, antwortete ich. ›Ich bin in der Fernmeldeeinheit. Ich kenne Paris nicht sehr gut‹.

›Bist Du ein Nazi?‹ fragte der andere plötzlich.

Ich war überrascht, dachte einen Augenblick nach und entschied dann, ein großes Risiko einzugehen und antwortete: ›Ich bin kein Nazi, war es nie und werde es niemals sein.‹

Der Österreicher gab mir die Hand. ›Du bist ein Kamerad. Mein Name ist Ernst und als Anti-Faschist musste ich aus Wien fliehen und lebe nun als Immigrant in Paris. Ich gehöre zu der französischen Widerstandsgruppe Résistance. Was ist mit dir, was machst du?‹

Ich war erfreut, jemanden getroffen zu haben, der meine Ansichten teilte, und antwortete, dass ich aus einem sozialdemokratischen Elternhaus stamme. Ich erzählte Ernst, dass mein Vater und mein Onkel durch die Behörden ihrer Posten enthoben und verfolgt worden waren. Ich selbst hatte den Widerstand zu Hause und als Soldat im Osten unterstützt. ›Ich bin mehr als bereit zu helfen, wenn ich kann‹, sagte ich ihm.

Ernst lächelte froh. ›Dann brauche ich dich nicht über unsere Verantwortung gegenüber den Leuten hier und dem deutschen Volk aufzuklären. Dir ist klar, dass es beim Widerstand hauptsächlich darum geht, den faschistischen Terror zu beenden und dass wir alle helfen müssen, diese grässliche Schande, die diese Kriminellen über das deutsche Volk gebracht haben, auszulöschen. Du solltest dir zwei zuverlässige Kameraden suchen und dann eine Gruppe bilden‹, sagte Ernst. ›Wir werden uns regelmäßig treffen und jedes Treffen wird an einem beiderseits vereinbarten, immer anderen Ort stattfinden. Von jetzt an bin ich deine Kontaktperson und brauche Informationen von dir, die Pläne deiner Einheit und die Bewegung der Truppen betreffend. Ich möchte auch über die Stimmung bei deinen Kameraden und den Offizieren Bescheid wissen.

Wenn möglich, schreib nichts auf. Erinnere alle Details und erzähle sie mir, wenn ich dich das nächste Mal sehe. Ich bin ein guter Zuhörer und habe ein ausgezeichnetes Gedächtnis.‹

Ernst sagte mir, ich würde nicht nur in meiner Einheit arbeiten, sondern überall, wo ich Soldaten träfe. Ab und zu würde ich Flugblätter zum Verteilen und Mini-Plakate erhalten. Dieses Material wäre gut versteckt in Cremedosen, Keksdosen und Zigarettenschachteln. Er gab mir dann eine Zigarettenschachtel, in der zwei DIN A5-Plakate waren. Auf beiden war eine Grafik zu sehen, die einen Soldaten an einem Stacheldraht hängend zeigte. Darunter stand geschrieben:

Totaler Krieg
Tod an der Front - in der Heimat
Rette Dich und Deine Familie
Kämpfe für den Frieden.

Auf dem nächsten Plakat konnte man Soldaten sehen, die ein Banner mit folgendem Text trugen:

Rückmarsch nach Deutschland
Zum Sturz Hitlers -
Zur Rettung von Volk und Heimat

Ernst sagte mir, er würde meinen künftigen Partnern und mir einige Zeitschriften und anderes Informationsmaterial geben. ›Es ist wichtig, sehr vorsichtig und nicht naiv zu sein, weil es hier fanatische Nazis und gefährliche Informanten gibt‹, warnte er mich. Er gab mir auch einige praktische Instruktionen für die künftige Arbeit. Wir verabredeten das nächste Treffen und vereinbarten eine Alternative, falls unerwartete Schwierigkeiten auftauchen sollten.

Wir waren selbstverständlich auch privat aneinander interessiert und es schien natürlich, im weiteren Verlauf des Kampfes für die gleiche Sache eine persönliche Freundschaft zu entwickeln. Ein Resultat dieser Begegnung war, dass ich nicht länger glaubte, dass es absolut notwendig für mich war, zu desertieren. Es schien für mich wichtiger, in der Armee zu bleiben.

Nach zwei Stunden trennten wir uns. Wir waren zwei Männer, die eine schwierige Zeit in einem fremden Land durchmachten und sich als politische Verbündete getroffen hatten. Später trafen wir uns etwa zweimal in der Woche am Montparnasse, am Place de la Concorde, Trocadéro oder irgendwo an der Seine.

Wir hatten etwa drei Monate miteinander gearbeitet, als meine Einheit plötzlich versetzt wurde. Bei unseren Treffen hatte ich eine Unmenge gelernt, um meine praktische und theoretische Arbeit zu unterstützen, die mir später half, die Saat der Menschlichkeit in die Herzen vieler deutscher Soldaten und Kriegsgefangener zu säen. Einige dieser Samen würden aufgehen und zum Wohlergehen und Frieden für alle Deutschen und unsere Nachbarn beitragen.

Ich hatte zwei vertrauenswürdige Freunde gefunden, mit denen ich meine Arbeit teilte. Wir verteilten Flugblätter an parkenden Armee-Fahrzeugen und auf den Soldaten-Toiletten. Wir hinterließen sie in Kinos, die häufig von Soldaten besucht wurden und im Café der Luftwaffe an der Rue de l´Élysée. Das meiste der Arbeit wurde nachts erledigt und die deutschen Soldaten wurden aufgefordert, einiges zu tun oder zu unterlassen:

Stellt die Kämpfe ein! Gebt Frankreich frei!
Ihr habt nichts in fremden Ländern verloren!
Schießt nicht auf Franzosen! Beteiligt Euch
nicht an Verhaftungen, Geiselerschießungen und
Denunziationen!
Der Sturz Hitlers wird Deutschland retten und den
Frieden herbeiführen.
Schickt man Euch nach dem Osten - dann geht zur
Roten Armee über, auch die kämpft gemeinsam in der
Antihitlerkoalition.

In Diskussionen mit Soldaten versuchten wir deutlich zu machen, dass es sinnlos war, Hitlers kriminellen Krieg weiterzuführen.«

Auf dem Dach der Welt da steht ein Storchennest

Am 6. Juni 1944 landeten die Alliierten mit ihren 6000 Schiffen an der französischen Atlantikküste, was die Deutschen total überraschte. Helmut Kobers Einheit bereitete sich auf einen raschen Rückzug vor, der mit der Flucht ins Rheinland endete.

»Viele Einheiten wurden aufgelöst, auch meine. Das große Risiko war es dann, mit der SS vereinigt zu werden. Es war 1945 und der Krieg war nahezu vorbei. Anstatt der SS wurden wir der berüchtigten Division General Schörners zugeteilt und an die Ostfront in Oberschlesien versetzt. In der Nacht mussten wir Stacheldraht und Landminen im Niemandsland zwischen den kämpfenden Truppen verlegen. Plötzlich gab es einen ziellosen Schusswechsel und unsere kleine Gruppe musste in Deckung gehen. Dann trat plötzlich Stille ein und wir konnten den Hit ›Auf dem Dach der Welt da steht ein Storchennest‹ spielen hören. Es war ehrfurchtgebietend und unheimlich in der nächtlichen Stille über dem Schlachtfeld. Dann wurde die Musik unterbrochen und wir hörten eine Stimme im Namen des ›Nationalen Komitees Freies Deutschland‹ deutlich zu uns sprechen.«

Im Sommer 1943 war dieses Komitee in einer Stadt unweit von Moskau mit Unterstützung der politischen Abteilung der Roten Armee gegründet worden. Es sah seine Aufgabe darin, nicht nur deutsche Kriegsgefangene, sondern auch die noch in den deutschen Truppen dienenden Soldaten zu beeinflussen. Die Soldaten wurden ermutigt, sich zu weigern, Hitlers Befehlen Folge zu leisten und damit zum Ende der Feindseligkeiten beizutragen. Im Sommer 1943 wurde die »Assoziation Deutscher Offiziere« gegründet und rasch mit dem Nationalkomitee vereinigt. Beide Organisationen setzten sich zum Ziel, Deutschland von den Nazis zu befreien, und die Rote Armee war dabei ebenso ein Verbündeter wie die westlichen Alliierten.

Helmut erzählte mir: »Die Stimme im Lautsprecher endete mit den Worten: ›Eine Unterbrechung des Waffenfeuers wird für einige Minuten folgen. Benutzt die Chance, um auf die andere Seite überzulaufen. Wir haben Nahrung für euch und ihr könnt bald nach Hause.‹ Dennoch wechselte niemand die Seiten. Ein deutscher Offizier hatte ›Feuer!‹ befohlen und die deutschen Truppen schossen intensiv in die Richtung, wo die Lautsprecher vermutet wurden. Das war der Moment, wo meine Kameraden und ich uns entschlossen, zu den Russen überzulaufen, bevor es zu spät war.

›Helmut, du nimmst das Kommando‹, sagte einer. ›Du bist Stabsunteroffizier, das ist sogar ein Dienstgrad höher als der Führer!‹ Ich war einverstanden und in einem günstigen Moment während der Nacht meldeten wir uns bei einem Wachtposten in einem russischen Schützengraben. Es endete mit freundlichem Händeschütteln und herzlichen Umarmungen.

In dem Kriegsgefangenenlager, in das wir nachher gebracht wurden, wurden wir den Mitgliedern des Nationalkomitees vorgestellt. Ihr Motto ›Bekämpft Hitler, beendet den Krieg, bestraft die Kriegsverbrecher und baut wieder ein freies und demokratisches Deutschland auf‹ sprach mich an und ich erklärte mich zum Mitarbeiter.

Als Rundfunksprecher an der ukrainischen Front hielt ich kurz danach meine erste Radioansprache, indem ich meine Freunde ermutigte überzulaufen. In einer zehnminütigen Ansprache sagte ich: ›Ich weiß nur zu gut, dass viele von euch unter dem Einfluss der Propaganda gegen die Sowjetunion und die anderen stehen. Diese Propaganda sagt: besser tot als in Gefangenschaft und es ist besser, dass ich eine Kugel für einen ehrenhaften Tod spare. Kameraden, tut das nicht! Es wäre ein in Schande gehüllter Tod. Das Heimatland braucht euch. Unser Vaterland braucht gute deutsche Patrioten. Die Verräter sitzen komfortabel in ihren Betonbunkern und predigen Durchhaltevermögen an der Front und zu Hause. Sie spielen mit dem Leben von deutschen Soldaten und schikanieren unsere Frauen und Kinder. Helft uns, Deutschland vom faschistischen Terror zu befreien und lauft von allen Teilen der Front über. Dieser Krieg ist verloren! Beendet den Kampf und richtet Eure Waffen gegen Hitler und diejenigen, die Euch dazu zu zwingen versuchen, einem katastrophalen Kurs zu folgen. Es geht beim Überlaufen um Deutschlands Schicksal und das Leben eurer Familien. Deutschland braucht die Lebenden und es sind schon genug gestorben. Ich beschwöre euch alle, nicht Hitler und seinen Kumpanen zu folgen. Ich bitte euch, euch der Verlängerung des Krieges zu widersetzen. Die Absicht dieses Plädoyers ist es, den Krieg zum Vorteil und zur Rettung unseres Volkes zu beenden.‹«

Später erfuhr Helmut, dass diese Rede in seiner Einheit gehört worden und er in Abwesenheit von einem Kriegsgericht wegen Desertion, Anstiftung zur Desertion und Hilfe für den Feind zum Tode verurteilt worden war.

Helmut Kober erlebte 1945 glücklich das Ende des Krieges in Mährisch-Ostrau. Das National-Komitee wurde aufgelöst und Kober verbrachte die nächsten Jahre in Gefangenenlagern in Pardubice im heutigen Tschechien, in Auschwitz in Polen und zuletzt in Tiflis in Georgien, bevor es ihm erlaubt wurde, 1948 nach Hause zurückzukehren.

»Ich litt unbeschreiblich unter diesen schrecklichen Erfahrungen, Zeuge der kriminellen Taten zu sein, die meine deutschen Mitmenschen in der Sowjetunion und den anderen besetzten Ländern begingen. Es war lange Zeit eine Gewissenslast und die Desertion gab mir daher eine Chance, diese Last wenigstens ein klein wenig zu erleichtern. Sie machte es etwas einfacher für mich, mit der tiefen Scham und der immensen Wut zu leben, die mich in diesen Tagen erfüllten und die mich auch heute noch erfüllen, wenn ich an die abscheulichen Verbrechen denke, die an meinen europäischen Mitmenschen begangen wurden und an den Genozid an den Juden und anderen. Dieser Schritt hat meine Seele etwas beruhigt und ich bin froh, dass ich den Mut hatte, Widerstand zu leisten und zu desertieren, auch wenn meine Freunde und ich immer noch von selbsternannten Pseudo-Patrioten als Verräter beschimpft werden.«

Sorget für Frieden unter den Menschen,
unter den Völkern.
Erhaltet und pflegt diese Welt,
sie gehört unseren Kindern.

Helmut Kober

Der verlorene Sohn

Verhaftete Deserteure, die dem Tod durch den Henker entkamen, wurden normalerweise sofort wieder zurück an die Front geschickt. So ist es auch Ludwig Baumann ergangen. Sobald er wieder gehen konnte, wurde er an die Ostfront geschickt, in das Bewährungsbataillon 500, eines der Strafbataillone, die - nicht ohne Grund - auch unter dem Namen »Himmelfahrtskommandos« liefen. Für die meisten bedeutete der Aufenthalt dort den sicheren Tod, aber wie durch ein Wunder überlebte Ludwig auch diese Hölle. Nachdem er in der Ukraine schwer verletzt worden war, wurde er in ein Krankenhaus in Brünn in der heutigen Tschechischen Republik eingewiesen. Dem dort dienstverpflichteten tschechischen Arzt, der ihn bei Gefahr für sein eigenes Leben behandelte, ist es zu verdanken, dass Ludwig den Krieg überlebte. Der Arzt bemühte sich, die Heilung von Ludwigs Wunden herauszuzögern und so den Krankenhausaufenthalt des Deserteurs möglichst lange auszudehnen, idealerweise bis zum Ende des Krieges. Wenn das bekannt geworden wäre, dann wären beide Männer höchst wahrscheinlich sofort erschossen worden.

Andere hatten weniger Glück. Ludwig erinnert sich an einen jungen Mann im Krankenhaus, der aus einem anderen Strafbataillon gekommen war und der sich, als man ihn zurück an die Front schicken wollte, aus Verzweiflung mit einem Topf kochenden Wassers übergoss. Er erlitt schwere Verbrennungen. Was danach mit ihm passierte, hat Ludwig nicht mehr erfahren können. Auch Kurt, der Freund, mit dem er desertiert war, hat den Krieg nicht überlebt. Sein Leben endete in einem Strafbataillon.

Zu Weihnachten 1945 war Ludwig wieder zu Hause. Wie durch eine Reihe von Wundern hatte er den Krieg überlebt, aber es war ihm nicht vergönnt, seine Freiheit zu genießen. Er konnte die neue Situation nicht bewältigen. Mit den Nachkriegsverhältnissen, mit dem ihm entgegengebrachten Hass kam er nicht zu Rande. Anstatt sofort rechtlich rehabilitiert und für Misshandlungen entschädigt zu werden, erfuhren er und all die anderen überlebenden Deserteure allseitige Diskriminierung als »rechtskräftig Vorbestrafte«. Für die meisten von ihnen dauerte diese Diskriminierung bis zu ihrem Tod, denn sie lebten nicht lange genug, um wenigsten die halbherzige Aufhebung der Urteile im Jahre 2002 noch zu erleben. Von denen, die ihnen hätten helfen können, die ihnen ihre Ehre hätten zurückgeben können, wurden sie im Stich gelassen. Mit dieser Erfahrung starben viele von den Männern, deren einziges Verbrechen darin bestanden hatte, Hitler die Gefolgschaft zu verweigern.

Im Nachkriegs-Deutschland wurden zwei Organisationen gegründet, die beide den Zweck hatten Menschen zu betreuen, die von den Nazis verfolgt worden waren. Es handelte sich um den »Verband der Verfolgten des Naziregimes« und um den »Verband der Opfer des Faschismus«. Es war indessen erstaunlich, dass nicht einmal diese Organisationen irgend etwas mit den Deserteuren zu tun haben wollten. Vor allem auf dem Land und in der Kleinstadt war es extrem schwierig für diese »Verräter«, in der Gesellschaft wieder Fuß zu fassen. Eigentlich hätte Ludwig glücklich sein sollen; er hatte überlebt, er war wieder zu Hause. Aber so einfach war es eben nicht. Oder wie er es heute ausdrückt: »Es war ja so, dass die wenigen von uns, die den Krieg überlebt hatten, nicht nur körperlich, sondern - und vielleicht sogar noch mehr - auch seelisch völlig zerstört waren. Jetzt hofften wir selbstverständlich, dass man unser Verhalten während des Krieges anerkennen und loben würde, aber daraus wurde eben nichts. Das Einzige, was man für uns übrig hatte, waren Hass und Verachtung. Wir wurden als Vaterlandsverräter betrachtet und auch so behandelt.« Und dabei blieb es. Wo auch immer Ludwig auftauchte, wurde er als Feigling betrachtet und er hörte es so viele Male, dass er schließlich selbst begann es so zu sehen.

Es schien, dass diejenigen, die ihre Teilnahme an dem deutschen Angriffs- und Vernichtungskrieg verweigert hatten, bei der allgemeinen Amnesie und Verdrängung ein Störfaktor waren. Die Bevölkerung wollte davon nichts hören. Die Nachkriegsdeutschen hatten kein Interesse an Leuten wie Bauman, Kober oder Schilling; sie wollten nicht immer wieder an die begangenen Untaten ihres Volkes erinnert werden. Es hatte sich ja auch alles so schnell verändert. Jetzt ging es in der neuen Bundesrepublik unter Bundeskanzler Konrad Adenauer um das Wirtschaftswunder mit Ludwig Erhard. Eine Auseinandersetzung mit der jüngsten Vergangenheit hätte dabei nur gestört. Zum selbstkritischen Nachdenken fehlte sowohl die Zeit als auch die Lust. Man wollte ja so schnell wie möglich vergessen. In dieser Situation waren Fahnenflüchtige ganz einfach lästig und ihre Anwesenheit ein Ärgernis. »Vielleicht war auch für meinen Vater Fahnenflucht ein Akt der Feigheit? Jetzt musste ich ihm zeigen, dass ich mich bessern würde,« sagt Ludwig heute. »Ich musste ihm beweisen, dass ich bereit war, mich zu einem anständigen und verantwortungsbewussten Menschen zu entwickeln.«

Ludwig hatte immer das getan, was er für richtig hielt. Er war immer seinen eigenen Weg gegangen. Schon vor dem Krieg war das so gewesen und nicht einmal Hitler hatte daran etwas ändern können. Inzwischen glaubt er allerdings, dass gerade diese Eigenwilligkeit für seinen Vater schmerzlich war. Er bezieht sich gern auf das Gleichnis vom Verlorenen Sohn, wenn er seine Geschichte erzählt.

»Auch mein Vater hatte ja seinen lange verlorenen Sohn zurückbekommen, aber ich finde es tragisch, dass wir uns nie haben umarmen können. Er war dazu grundsätzlich nicht in der Lage, und was mich betrifft, so hatte

ich zu diesem Zeitpunkt wahrscheinlich nicht einmal das
Bedürfnis.«

Ludwigs Vater kam aus bescheidenen Verhältnissen
und hatte extrem hart gearbeitet, um seiner Familie das
Beste zu bieten. Er war ein erfolgreicher Geschäftsmann und es war nur natürlich, dass er den Wunsch
hatte, eines Tages die Früchte seiner Leistung an seine
Kinder weiterzugeben. Das war sein Traum. Aber Ludwig war anders, ging eigene Wege. »Es war schade,
dass wir einander nicht besser verstehen konnten, dass
es uns nicht gelang, offen über unsere Gefühle zu sprechen.«
Der Vater, der wegen des Schicksals seines Sohnes
sehr gelitten hatte, starb schon bald nach dem Ende
des Krieges. Der Sohn, der inzwischen vom Vater die
Firma übernommen hatte, kam mit seiner neuen Rolle
als Geschäftsmann schlecht zu Rande und wurde mehr
und mehr vom Alkohol abhängig. In einer Gesellschaft,
in der man Deserteure für Feiglinge und Verräter hielt,
war es tatsächlich schwierig, überhaupt zu existieren.
Ludwig hatte den Krieg zwar überlebt, aber seelisch war
er am Ende, er war ein totales Wrack. Er fühlte sich allein gelassen und verworfen, und das mit gutem Grund.
Folglich suchte und fand er Erleichterung und Trost in
der Flasche und es gelang ihm mit Hilfe des Alkohols
dem Alltag vorübergehend zu entfliehen. Er wurde re-
gelmässiger Gast in einem Bierkeller und hat hier - in
Begleitung einiger anderer Opfer des Krieges - binnen
Kurzem das väterliche Erbe verschleudert. Tagsüber
betrank er sich und nachts in seinen Träumen hörte er
immer wieder das unablässige Klirren der Ketten.
Ludwig hatte anfangs gehofft, dass man sein Verhalten
während des Krieges zumindest verstehen würde. Aber
dass er sich darin getäuscht hatte, wurde ihm sehr
schnell klar, denn überall in den Gerichten und öffentlichen Ämtern saßen ja inzwischen Hitlers alte Kumpa-
ne, und in deren Augen waren Deserteure Abschaum

und Verräter. Einmal bewarb er sich um eine Stelle im öffentlichen Dienst, aber es war offensichtlich, dass der Staat so einen wie ihn nicht einstellen wollte.

Dann kam er nach Bremen, lernte seine zukünftige Frau kennen und fuhr fort zu trinken. Es gab kein stabiles Familienleben für die Kinder, die jetzt geboren wurden, und Ludwigs Frau war unglücklich. Er selber fühlte sich zunehmend schuldig und es hat nicht geholfen, dass er mit seinen Gedanken allein blieb. Deserteure wurden nicht erwähnt. Das Thema war im Nachkriegs-Deutschland tabu. In der Öffentlichkeit und in der Gesellschaft gab es für diese Menschen keinen Platz. Die Deserteure selber schwiegen auch. Sie hatten keine andere Wahl.

Man musste bis in die fünfziger Jahre warten, bevor vereinzelte Stellungnahmen auftauchten. Es waren zwei Schriftsteller, die sich des Themas annahmen. Alfred Andersch, der 1944 an der italienischen Front seine Einheit verlassen hatte, schrieb in seiner Autobiographie *Die Kirschen der Freiheit* ganz offen über seine Fahnenflucht und wurde dafür heftig kritisiert.

Bei dem Autor und späteren Nobelpreisträger Heinrich Böll findet sich ein Aufruf aus dem Jahr 1953 mit drängenden Fragen. Er vermisste in dem damaligen großen Schweigen die Stimmen der Familien und Freunde der erschossenen Deserteure, vermisste auch das Zeugnis derer, die sich verborgen und überlebt hatten. Er vermutete - wohl mit Recht - dass die Angst vor den ihnen »eingeimpften Phrasen« von Fahneneid und Vaterland ihnen das Sprechen unmöglich machte.

Das Schweigen über die Opfer der Militärjustiz und ihr Schicksal wurde während des Wirtschaftswunders der Nachkriegszeit nicht gebrochen und es durfte nicht gebrochen werden. Die NS-Unrechtsurteile wurden nicht gesetzlich aufgehoben und die, die die Verantwortung für tausende von Todesurteilen trugen und in den westlichen Besatzungszonen lebten, wurden nie rechtlich belangt. Sie mussten sich niemals vor Gericht verantworten. Die Autoren der Nazi-Kriegsgesetze schrieben auch die Geschichte der Kriegsgerichte. Auf diese Weise behielten die Urteilssprüche ihre Gültigkeit und die Opfer der Wehrmachtjustiz behielten den Status von Ex-Sträflingen.

Es vergingen viele Jahre, ehe die Illusion von der unpolitischen Wehrmacht zu zerbröckeln begann. Die wünschenswerte Revision der Geschichte zu diesem Thema liegt trotz einzelner hervorragender Untersuchungen noch in den Anfängen. Die Wahrheit über die Rolle, die die Wehrmacht und ihre Kriegsgerichte im nationalsozialistischen System tatsächlich gespielt haben, wird von vielen Deutschen immer noch kaum wahrgenommen. Es gibt mit Sicherheit auch heute noch Menschen, denen nichts daran liegt, hier Klarheit zu schaffen - und das, obwohl das NS-Justizsystem zu den dunkelsten Kapiteln des zwanzigsten Jahrhunderts gehört.

Persilscheine

Nach dem Ende des Krieges vereinbarten die vier Siegermächte auf der Potsdamer Konferenz grundsätzliche Maßnahmen hinsichtlich der Behandlung Nachkriegsdeutschlands. Hauptpunkte dieser Regelung waren: Entmilitarisierung, Entnazifizierung, Dezentralisierung und Demokratisierung. Die Entnazifizierung im westlichen Teil Deutschlands, aus dem sich dann die Bundesrepublik entwickelte, wurde von den USA, Frankreich und Großbritannien in ihren jeweiligen Besatzungszonen durchgeführt.

Die NSDAP und alle gleichgeschalteten Organisationen wurden für illegal erklärt und die nationalsozialistischen Gesetze wurden aufgehoben. Was an das Dritte Reich hätte erinnern können, wurde entfernt. Straßenschilder und Uniformen verschwanden aus dem öffentlichen Leben. Die Spitzen des NS-Regimes wurden, sofern sie noch am Leben waren, in den Nürnberger Prozessen vor Gericht gestellt und verurteilt.

Es zeigte sich indessen bald, dass das Entnazifizierungsprogramm in den verschiedenen Besatzungszonen sehr unterschiedlich gehandhabt wurde. In der sowjetischen Zone, aus der sich später die Deutsche Demokratische Republik (DDR) entwickelte, wurden im Zeitraum von 1945-47 eine halbe Million Menschen aus dem Dienst entlassen und durch Kommunisten ersetzt. In speziellen Lagern inhaftierte der sowjetische Geheimdienst ehemalige Nazis mit schlimmer Vergangenheit, aber nicht nur sie. Auch Gegner des ostdeutschen kommunistischen Regimes wurden hier gefangen gehalten. Das Nebeneinander zweier so unterschiedlicher Gruppen sorgte Jahre später für heftige Auseinandersetzungen im Kampf um die Rehabilitierung der Opfer der Wehrmachtjustiz.

In der amerikanischen Zone wurde die Entnazifizierung zunächst zügig vorangetrieben. Nationalsozialisten wurden in fünf Kategorien aufgeteilt und dementsprechend verurteilt. Mit Beginn des Kalten Krieges aber fand das Entnazifizierungsprogramm ein plötzliches Ende. Am 31. März 1948 wurden Gerichtsverfahren gegen die schlimmsten Täter, die noch lange nicht abgeschlossen waren, wieder eingestellt. Viele NS-Täter entgingen auf diese Weise der Strafverfolgung. Sie wurden nie zur Rechenschaft gezogen.

Die Briten und Franzosen handhaben die Entnazifizierung von Anfang an eher pragmatisch. Ihnen war der Wiederaufbau des öffentlichen Dienstes und der Wirtschaft wichtiger als eine politische Auseinandersetzung

Daher erwies es sich als opportun, die eigenen Regeln zu umgehen und hier und da ein Auge zuzudrücken. Ehemaligen Nazis wurde inoffiziell die Rückkehr in den öffentlichen Dienst erleichtert. Wer sich für eine Position im öffentlichen Dienst bewerben wollte, musste in Übereinstimmung mit der offiziellen Entnazifizierungpolitik ein Dokument besitzen, das erwies, dass der Inhaber während der NS-Zeit keine fragwürdige Position in der Gesellschaft innegehabt hatte oder Mitglied einer NS-Organisation gewesen war. Dieses Dokument wurde von den Entnazifizierungsbehörden ausgestellt, die die Aliierten eingerichtet hatten, und wurde umgangssprachlich »Persilschein« genannt - nach dem bekannten Waschpulver. Die Realität war, dass jemand mit einer fragwürdigen Vergangenheit oft nur das Zeugnis einer anderen Person brauchte, die kein Nazi gewesen war und willens war, für ihn zu bürgen. So einfach war es in den meisten Fällen, wieder »reingewachen« zu werden, und so erlangten viele Nazis ihre Wiederaufnahme in den öffentlichen Dienst.

Zur gleichen Zeit wurden Bemühungen ehemaliger Deserteure um Arbeitsstellen im öffentlichen Dienst abschlägig beantwortet - auch dann, wenn die Betreffenden dafür geeignet waren. Diese Ablehnungen wurden zwar nicht öffentlich mit ihrer Kriegsvergangenheit begründet, indessen besteht kein Zweifel, dass die Beurteilung eben dieser Vergangenheit untergründig eine Rolle spielte. Es zeigte sich, dass das Leben nach dem Krieg für Kriegsverbrecher leichter war als für Deserteure.

Obwohl der SS-Offizier Heinz Barth, der 1944 an dem Massaker in Oradour-sur-Glane teilgenommen hatte, ins Gefängnis kam, erhielt er nach dem Krieg eine Kriegsrente, weil er während seines Dienstes ein Bein verloren hatte.

Viele Nazis bekamen Persilscheine und wenige von ihnen wurden jemals strafverfolgt. Es gibt viele Beispiele, die den Eindruck vermitteln: Je schlimmer der

Täter, desto besser die Zukunftsaussichten. Der ehemalige Nazi Theodor Oberländer wurde später Minister in der Adenauer Regierung, obwohl er nach dem Krieg für Kriegsverbrechen verantwortlich gemacht wurde.

Die Behandlung der Kriegsrichter in der Bundesrepublik sollte verglichen werden mit der Behandlung, die Jahre später den kommunistischen Richtern der DDR zuteil wurde. Diese Richter wurden nach der Wiedervereinigung Deutschlands zur Rechenschaft gezogen und bestraft. Sie mussten, ganz im Gegensatz zu den willigen Helfern der Nazis, den Preis für ihre Tätigkeit bezahlen.

»Was ist das für ein Staat, der nur die Mörder freispricht? Was ist das für ein Staat, der immer noch meint, dass Hitlers Richter in vielem richtig urteilten? Was für ein Staat, der Leute, die ihre Teilnahme an diesem Morden verweigerten, immer noch bestraft? Ich bin fast verzweifelt an diesem Staat.«

Ludwig Baumann   (mehr als ein halbes Jahrhundert, nachdem er den Klauen nationalsozialistischer Blutjustiz entkam)

Mord in der Geltinger Bucht

Am 8. Mai 1945 endete der Zweite Weltkrieg mit der bedingungslosen Kapitulation Deutschlands. Aber selbst die endgültige Niederlage des Naziregimes bedeutete noch nicht das Ende der Aktivität der Kriegsgerichte. Todesurteile wurden weiterhin verhängt und auch vollstreckt. Das System rollte unbarmherzig weiter wie ein schwer zu bremsender Supertanker. Heute ist es schwer sich vorzustellen, dass es selbst nach Hitlers Tod, nach der Inhaftierung der Nazigrößen und der Übernahme des Kommandos durch die Aliierten immer noch Militärrichter gab, die sich berufen fühlten, weiterhin ihre Landsleute zu töten.

Dokumentiert wurde auch ein Fall von indirekter Beteiligung kanadischer Truppen an diesem Prozess. Indem sie bereits entwaffnete deutsche Truppen noch einmal mit Waffen versorgten, gaben sie den Henkern das Instrument in die Hand, mit dem diese auch nach Kriegsende weitere Erschießungen durchführen konnten.

Für die meisten war der Krieg zu Ende; nicht aber für Fritz Wehrmann, Martin Schilling und Alfred Gail. Am 9. Mai, einen Tag nach der Kapitulation, wurden diese drei Marinesoldaten von einem noch aktiven deutschen Kriegsgericht wegen Fahnenflucht zum Tode verurteilt. Sie wurden auf dem Schiff Buea in der Geltinger Bucht hingerichtet und Kameraden warfen ihre mit Gewichten beschwerten Leichen über Bord.

Am 11. Mai 1945 wurde der Gefreite Süss in Flensburg-Mürwik wegen Wehrkraftzersetzung zum Tode verurteilt und hingerichtet. Süss hatte Kritik an einem Befehl seines Vorgesetzten geübt und musste für dieses Vergehen mit dem Leben bezahlen, obwohl der Krieg zu Ende war.

Dass die deutsche Marine auch nach Kriegsende noch funktionierende Gerichte unterhielt, hing damit zusammen, dass sie den Sonderauftrag erhalten hatte, die eigenen Gewässer von Minen zu räumen. Die dazu tauglichen Spezialschiffe blieben nach der Kapitulation unter deutschem Befehl - mit normal funktionierenden Kriegsgerichten. Allein in Schleswig-Holstein wurden zwischen dem 10. Mai und dem 5. August 1945 noch über 750 Fälle behandelt, darunter 424, bei denen es um die Delikte unerlaubter Entfernung von der Truppe und Fahnenflucht ging. Die Aliierten, die dieses Unrecht stillschweigend geschehen ließen, haben niemanden zur Verantwortung gezogen.

Überhaupt gab es im Westen nur einen einzigen Richter, dem später der Prozess gemacht wurde, das war Adolf Hozwig. Er hatte nach der Kapitulation weiterhin Deserteure zum Tode verurteilt und in drei Fällen war das Urteil auch vollstreckt worden. Ein Hamburger Nachkriegsgericht verurteilte ihn zunächst zu zwei Jahren Haft für diesen Machtmissbrauch, aber im Berufungsverfahren wurde er freigesprochen. Man könne keine »vorsätzliche Rechtsbeugung feststellen«, hieß es. Gutachter und Berater bei diesem Berufungsverfahren war der ehemalige Marinerichter Erich Schwinge.

Wegen einer persönlichen Tragödie kam es dazu, dass der Gefreite Johann Scholtyssek sich vor einem Kollegen Hozwigs verteidigen musste. 1942 hatte er bei der Heimkehr von der Front seine Frau mit einem neuen Liebhaber vorgefunden. Im Zorn und tief verletzt hatte er eine abfällige Bemerkung über den Feldzug des Führers gemacht und war daraufhin von seinem Schwiegervater angezeigt worden. Er wurde verhaftet und zusammen mit 44 anderen Gefangenen nach Münster transportiert, wo sie alle im Schnellverfahren vor einem Standgericht angeklagt und verurteilt wurden. Aber Scholtyssek hatte Glück. Nachdem er tagelang in Ketten gefesselt auf die Vollstreckung des Urteils gewartet hatte, wurde er begnadigt. Er wurde zunächst in das KZ Esterwegen und dann weiter als Zwangsarbeiter nach Calais gebracht. Viele seiner Mitgefangenen nahmen sich dort aus Verzweiflung das Leben, aber Scholtyssek hielt durch. Er war stark und hatte ein Ziel: »Ich wollte den Alten noch mal rankriegen, der mich denunziert hat«, sagte er später.

Daraus ist dann allerdings nichts geworden. Zwar gelang es ihm nach dem Krieg, seinen Schwiegervater anzupacken und zur Rede zu stellen, aber dieser lief zur Polizei, die Scholtyssek festnahm, nicht aber seinen Denunzianten. Der Schwiegervater wurde nach dem Krieg ebensowenig zur Rechenschaft gezogen wie der Richter, der den jungen Gefreiten zum Tode verurteilt hatte, ohne ihn auch nur anzuhören. Scholtyssek indessen blieb bis zu seinem Lebensende ein vorbestrafter Mann.

»Kooperation im demokratischen Vaterland«

Das weitere Schicksal in der Zeit nach dem Krieg sah für Deserteure und Wehrmachtsrichter sehr unterschiedlich aus. Die einen wurden als Drückeberger verachtet und geächtet, während die anderen beruflich und politisch unangefochten Karriere machen konnten. Der bereits erwähnte Hans Filbinger z. B. wurde Ministerpräsident von Baden-Würtenberg. Nichts stand dem im Wege, obwohl er während des Krieges eine sehr bedenkliche Rolle gespielte hatte. Als Richter und Ankläger bei der Marine hatte Filbinger noch gegen Kriegsende vier Marinesoldaten in den Tod geschickt. Besonders auffällig war ein Fall in Norwegen, bei dem sich zeigte, wessen er fähig war. Filbinger fungierte damals als Staatsanwalt während einer Gerichtsverhandlung gegen den deutschen Marinesoldaten Walter Gröger. Aus den Akten geht hervor, dass er es nicht nur beim Festsetzen des Todesurteils für den jungen Mann beließ, sondern dass er darüberhinaus seine junge norwegische Verlobte in schrecklicher Weise mit Wörtern wie »Schwein, Nutte, Spionin« beschimpfte.

Wie fast alle seine Kollegen musste Filbinger sich nie für seine Tätigkeit während des Krieges vor Gericht verantworten. Er wurde aber nicht ganz in Ruhe gelassen. Der Schriftsteller Rolf Hochhuth prägte auf Grund eigener Recherchen den Begriff vom »furchtbaren Juristen«, und gegen Ende der 70er Jahre setzten die Medien Hans Filbinger unter Druck. Infolge dieser Pressekampagne zog er sich 1978 aus dem öffentlichen Leben zurück; allerdings ohne Reuebekundung und mit dem bekannt gewordenen Ausspruch: »Was damals rechtens war, kann heute nicht Unrecht sein.«

Hans Filbinger, Wehrmachtsrichter und erfolgreicher CDU Politiker der Nachkriegszeit

Obwohl Filbingers Ruf in der Öffentlichkeit beschädigt war, verlor er nicht an Einfluss. Wichtige und einflussreiche Freunde garantierten ihm, dass der Tag der Abrechnung niemals kommen werde. Sie hielten zu ihm. Die Ehrenmitgliedschaft der CDU, mit der er in Baden-

Würtenberg geehrt worden war, wurde nicht zurückge-zogen und der Pressedienst der CDU/CSU erklärte am 2. Juni 1995: »Es kann nicht sein, dass nach 50 Jahren uns gelingt, was Hitler nicht gelungen ist, nämlich die ganze Militärjustiz zum Terrorinstrument der Nazis zu machen. Wir werden uns auch nicht dafür hergeben, all denen neues Unrecht zuzufügen, die in den vergangen 50 Jahren von Stasi, Wolf und Co. in die Naziecke ge-stellt worden sind. Dies gilt insbesondere für Hans Fil-binger.«

Die Unterstützung erfasste weite Kreise. Helmut Kohl hatte schon 1981 kommentiert: »Die Verleumdungs-kampagne gegen Hans Filbinger ist in der Geschichte der Bundesrepublik Deutschland ohne Beispiel. Wir alle sollten bereit sein, aus den bitteren Erfahrungen dieses Kesseltreibens zu lernen.« Auch der frühere Präsident des Bundesverfassungsgerichts, Professor Gerhard Müller, zeigte sich betroffen: »Es ist Filbinger furchtba-res, nicht wieder gut zu machendes Unrecht gesche-hen.«

An der Solidarität der Parteifreunde war nicht zu rüt-teln. Die Unbescholtenheit Filbingers war ihnen wich-tiger als die Rehabilitation der Opfer seiner Militärjustiz. Sie standen ihm in dieser Angelegenheit zur Seite und hörten auf seinen Rat. Dem entsprechend ließ Filbinger 1996, kurz vor der bevorstehenden Bundestagsdebatte über die Frage der juristischen Rehabilitation der Deser-teure, den Parteichef Wolfgang Schäuble wissen, dass die Partei mit einem erheblichen Verlust an Kern-stimmen rechnen müsse, wenn sie eine Entschließung des Bundestages unterstützen würde, die die Urteile der NS-Militärjustiz als Unrecht bezeichnete.

Einer, der in dieser Sache viel Einfluss hatte, war der Bundestagsabgeordnete und Vorsitzende der Arbeits-gruppe Recht in der CDU/CSU- Bundestagsfraktion Norbert Geis. Er vertrat die Ansicht, dass viele Deser-teure sich bereits vor ihrer Flucht strafbar gemacht hät-ten und dann desertierten, um ihrer Bestrafung zu entgehen. Solche Menschen könne man selbstverständlich nicht pauschal rehabilitieren, meinte der Aschaffenburger Rechsanwalt und Politiker. Die Meinung innerhalb der regierenden CDU/CSU-Fraktion stand jetzt (wie auch in allen Bundestagsdebatten der kommenden Jahre) fest: man würde in der Frage der Rehabilitation der Deserteure auf keinen Fall nachgeben.

Norbert Geis vertrat die Meinung, dass jeder Fall von Fahnenflucht einzeln zu prüfen sei und dass ein NS-Urteil nur dann aufgehoben werden solle, wenn die betreffende Person aktiven Widerstand gegen das Regime geleistet habe. Andernfalls würde man den Militärrichtern Unrecht tun, die großen Mut bewiesen hätten, indem sie trotz des Druckes seitens der Partei und der Gestapo unabhängig Recht gesprochen hätten.

Die CDU/CSU war mit dem Ergebnis der parlamentarischen Abstimmung zufrieden. Deserteuren, Wehrkraftzersetzern und Kriegsdienstverweigerern, aber nicht ihren Angehörigen, wurde zum Schluss ein symbolischer Schadenersatz von 7.500 DM zugestanden. Danach hoffte man offensichtlich nie mehr von dieser Sache hören zu müssen. Der Vergleich mit einem anderen Gesetz aus dem Jahr 1951 drängt sich hier auf.

Mit dem Gesetz 131 verabschiedete der damals neue Bundestag einstimmig eine Amnestie von schon verurteilten Nationalsozialisten. Die große Mehrheit der in der Nachkriegszeit verurteilten Parteimitglieder wurde auf diese Weise begnadigt und konnte unbehelligt in Politik, Justiz und Verwaltung eingestellt werden, bzw. dorthin zurückkehren. Tausende von NS-Verbrechern erhielten mit dieser Amnestie ihre Bürgerrechte und ihre Ehre zurück. Bundeskanzler Konrad Adenauer hatte schon in einer Rede 1949 eine großzügige Amnestie als notwendige Voraussetzung für den »Willen zur Kooperation im demokratischen Vaterland« bezeichnet. Nur den Deserteuren wurde diese Großzügigkeit vorenthalten.

Die Gleichgültigkeit und Verantwortungslosigkeit vieler Menschen sind mitschuldig an der Unmenschlichkeit. Wer hat protestiert, als es zuerst den Kommunisten an den Kragen ging, dann den Juden, dann den Parteien? Man dachte immer, ich bin ja nicht betroffen. Das Recht ist nicht teilbar und wenn man unbeteiligt zusieht, wie die einen Wind säen, da darf man sich nicht wundern, wenn dann einmal Sturm über alle kommt. Irgendwie gibt es eine Verkettung der Sünde. Keiner kann sagen: ich bin total unschuldig. Die meisten Sünden sind die Unterlassungssünden. Die Jahre der Unmenschlichkeit waren doch nur so unmenschlich, weil so viele mitgemacht haben - und die Kirchen sind auch schuldig. Man hat das Christentum so billig wie möglich verkauft, und am Ende nannten sich alle Christen, und in Wirklichkeit waren es nur Namenschristen.

Francois de Beaulien

(1943 aufgrund seiner Briefe an die Mutter wegen »Zersetzung der Wehrkraft« zu Gefängnis und später Strafeinsatz verurteilt)

Stützen der Gesellschaft

Toleranz gegenüber den Schuldigen und Gefühllosigkeit gegenüber den Opfern prägte die Gesellschaft nach wie vor, als Ludwig Baumann am 3. März 1995 wieder einmal an diese unfassliche Ungerechtigkeit erinnert wurde. Im Radio hörte er über den Freispruch eines ehemaligen Offiziers der Wehrmacht, Wolfgang Lehnigk-Emden, der wegen begangener Kriegsverbrechen verklagt worden war. Der Bundesgerichtshof hatte Verjährung ins Spiel gebracht, was zur Folge hatte, dass der mittlerweile ältere Herr Lehnigk-Emden sein Leben als freier und unbescholtener Mitbürger ungestört weiterführen konnte. In dem Verfahren war es um den Mord an Zivilisten in Süditalien im Jahr 1943 gegangen. Fünfzehn Frauen und Kinder waren dort während des Krieges ermordet worden. Jetzt aber wurde mit diesem Spruch ein Strich unter die ganze Sache gezogen, denn es war schließlich alles schon so lange her. Herr Lehnigk-Emden trug nun nicht mehr braun, sondern rot. Er hatte als Karnevalspräsident und Bürgermeister gedient und lebte nach seiner Pensionierung ein ruhiges Leben mit einer Rente, bei deren Festsetzung auch sein Einsatz während des Krieges berücksichtigt worden war.

Wolfgang Lehnigk-Emden war indessen nur einer unter Tausenden von mutmaßlichen Kriegsverbrechern, die niemals zur Verantwortung für begangene Gräueltaten gezogen wurden. Selbst eine Vergangenheit als Kriegsrichter stand einem Juristen nicht im Wege, wenn er sich um die weitere Laufbahn als bundesrepublikanischer Richter bemühte.

Auch Erich Schwinge, einer der brutalsten unter ihnen, konnte ungestört seine Karriere fortsetzten. Dass selbst ein Himmler eines seiner Urteile damals für unangemessen hart gehalten hatte, war kein Hindernis. Schwinge wurde nach seiner Entlassung aus kurzer Kriegsgefan-

genschaft aus Österreich ausgewiesen, aber er überlebte die Entnazifizierung insofern problemlos, als er
schon 1948 als Professor an die Universität Marburg
berufen wurde, wo er zwanzig Jahre lang als Dekan der
juristischen Fakultät und zeitweise auch als Rektor am-
tierte. Zusätzlich zu seinen akademischen Aufgaben engagierte Schwinge sich als stellvertretender Landesvor-
sitzender der hessischen FDP und als Bundestagskan-
didat. Ein Mann, der viel Blut an den Händen hatte,
führte so das Leben eines renommierten und anerkann-
ten juristischen Fachmannes. Seinem Spezialwissen auf
dem Gebiet der NS-Militärjustiz verdankte er Aufträge
vor Gericht. In etwa 150 Strafprozessen wegen begangener Kriegsverbrechen verteidigte er ehemalige Angehörige der Wehrmacht und der Waffen-SS - wie zum
Beispiel den früheren Generalfeldmarschall Albert Kes-
selring.

Bis zu seinem Tod leugnete Schwinge in zahlreichen
Publikationen den Unrechtscharakter der NS-Militärjustiz. Er war Mitverfasser des umfassenden und lange Zeit
als Standardwerk betrachteten Buches zu diesem Thema: *Die deutsche Militärjustiz in der Zeit des Nationalsozialismus*, (Marburg 1977). Ursprünglich hatte das
renommierte Institut für Zeitgeschichte (IFZ) in München
dem ehemaligen Oberstaatsanwalt und Luftwaffenrich-
ter Otto Peter Schweling ein Buch über dieses dunkle
Kapitel der deutschen Geschichte in Auftrag gegeben.
Aber als Schweling 1966 sein fertiges Manuskript vor-
legte, weigerte sich das Institut, die Arbeit wegen ihres
all zu defensiven Charakters zu veröffentlichen. Danach
gingen fast 10 Jahre ins Land, bevor Erich Schwinge
dem Werk zum Durchbruch verhalf. Unter seiner Feder-
führung wurde aus Schwelings Manuskript ein klas-
sisches Verteidigungswerk. Er präsentierte als Wahrheit, was im Grunde nur seine persönliche Sicht beinhaltete: »Die Wehrmacht und die Nazis waren in ihren
Grundsätzen natürliche Gegensätze, zwischen denen
eine Art *modus vivendi* bestand. Die Wehrmacht war

nach ihrem Selbstverständnis auf politischen Kampf nicht vorbereitet und sie suchte ihn auch nicht.«

Das Buch erfreute sich hohen Ansehens, aber es war deutlich, dass es die Wahrheit verfehlte. Hätte der Verfasser tatsächlich die Wahrheit dargestellt, dann hätte er sich auch selbst wegen zu verantwortender Kriegsverbrechen verklagen müssen - was gewiss nicht seinen Intentionen entsprach. Erinnern wir uns: in allen wesentlichen Bereichen des NS-Systems, insbesondere auch gerade innerhalb der Militärjustiz, waren rechtsstaatliche Prinzipien über Bord geworfen worden. Es war einfach illusorisch sich vorzustellen, dass zwei ehemalige Wehrmachtrichter eine ernsthafte Nachforschung unternehmen würden. Zu einer solchen konnte es zu diesem Zeitpunkt noch nicht kommen. Schwelings und Schwinges Buch hatte lediglich die Aufgabe, alle Vorwürfe über Machtmissbrauch und Kriegsverbrechen zu entkräften.

Leicht war diese Aufgabe dennoch nicht. Es gab ja immerhin eine Menge problematischer Umstände, die erklärt werden mussten. Fast alle rechtsstaatlichen Grundsätze waren ja verletzt worden - nicht nur in einzelnen Fällen, sondern systematisch. Aber in ihrem Buch versuchten die beiden Verfasser ein sehr anderes Bild zu zeichnen. Die Kriegsrichter hätten mit Zurückhaltung und Nachsicht geurteilt, hieß es dort. Auch hätten Standgerichte mitunter ohne den Vorsitz eines Kriegsrichters Prozesse durchgeführt, was letztere entlaste. Nun ist es zwar richtig, dass auch ein Hauptmann eine Verhandlung leiten konnte. Es gibt aber genug Belege dafür, dass Wehrmachtjuristen an der Urteilsfindung oder Urteilsbestätigung in den meisten Fällen doch beteiligt waren.

Wie viele Soldaten und Zivilisten in den letzten Kriegsmonaten nach einem kurzen Prozess vor einem Standgericht hingerichtet wurden, weiß man nicht. Es besteht aber kein Zweifel, dass es sich um ganz einfache Schauprozesse handelte. Wie sonst kann man die folgende Meldung eines Majors interpretieren: »Das Fliegende Standgericht ... verurteilt heute wahrscheinlich sechs Soldaten zum Tode durch Erschießen.« Gleichzeitig hatte er vorausschauend die Vollstreckung für »Sonntag, den 18.2.1945, 10 Uhr« angeordnet. Ist eine plausible Erklärung für diese Hellsichtigkeit vorstellbar?

Schwinge hatte noch andere Argumente zur Hand, als er sich und seine Arbeitskollegen verteidigte. So nahm er beispielsweise Hitlers Abneigung gegen die Militärrichter als Beweis für deren Opposition gegen das Nazi-Regime in Anspruch. »Die Urteile waren wahrscheinlich hart, aber sie hielten sich mit Sicherheit innerhalb der Grenzen korrekter Rechtsprechung, und zwar nicht nur vom damaligen Standpunkt aus gesehen, sondern auch aus der Sicht eines modernen Rechtsstaates.«

Schließlich sei es ja um die Verteidigung der Heimat und die Abwehr der bedrohlichen Gefahr aus dem Osten gegangen, um die Rettung Europas vor der bolschewistischen Gefahr. Von daher seien Strenge und Härte eine militärische Notwendigkeit gewesen. Schwinge schloss seine Ausführungen mit der Versicherung, dass deutsches Kriegsrecht sich nie erlaubt habe, ein blindes Werkzeug für drakonische Maßnahmen zu sein und dass in politischen Prozessen nur ausnahmsweise die Todesstrafe verhängt worden sei. Dieser Auffassung zufolge waren Hitlers Kriegsrichter sogar Garanten der Verfassung gewesen.

Nicht jeder machte sich diese Interpretation zu eigen. Ganz gewiss nicht Herr Reschny aus Wien, der 1984 versuchte, Schwinge wegen versuchten Mordes zu verklagen.

Der unbekannte Deserteur

»Dann starb meine Frau bei der Geburt unseres sechsten Kindes und plötzlich fand ich mich ganz allein mit der vollen Verantwortung für die Familie.« Das war 1966. Der Tod seiner Frau, der ihn schwer traf, war -

wie sich später erwies - der Weckruf, der Ludwig Baumann wieder auf die Beine brachte. Von da an musste er sich als Alleinerzieher um die Kinder kümmern und dieser Druck hat ihn von seiner Alkoholsucht befreit. Die Kinder taten das ihrige um zu helfen. Das älteste kümmerte sich um das jüngste, während Ludwig hart arbeitete, um Essen auf den Tisch zu bringen.

Ein weiterer Wendepunkt in Ludwigs Leben war seine Begegnung mit der aufkommenden Friedensbewegung und der Eine-Welt-Bewegung in den achtziger Jahren. Hier engagierte er sich und fand Anschluss an eine junge Generation, für die strenge Disziplin und unterwürfiger Gehorsam nicht mehr zu den wichtigsten Tugenden zählten. Von seinen neuen Verbündeten wurde er vielfach als Held gefeiert, was dem bescheidenen und anspruchslosen Ludwig gar nicht so lieb war.

Außerhalb dieser Kreise, in denen er Sicherheit und Verständnis gefunden hatte, waren Deserteure nach wie vor verachtet. Aber ihre Zahl begann zu wachsen. Neuankömmlinge aus der DDR kamen hinzu und wurden dank neuer politischer Konstellationen in ganz anderem Licht gesehen. Deserteur war eben nicht gleich Deserteur. Da wurde schon ein Unterschied gemacht. Diejenigen, die der DDR den Rücken gekehrt hatten, waren ja vor dem kommunistischen Feind geflohen. Diese »Wehrkraftzersetzer« wurden automatisch als Helden behandelt und empfangen.

»Der Kalte Krieg war auf seinem Höhepunkt«, sagt Ludwig. »Die USA hatten Raketen in Westdeutschland aufgestellt, die in der Lage waren, jedes sowjetische Ziel zu treffen. Die Sowjets mit ihren großen SS20 Raketen fühlten sich von den Deutschen, die so wenige Jahre zuvor einen Vernichtungskrieg gegen sie geführt hatten, bedroht. Wir hatten große Angst vor der sowjetischen Reaktion auf diese Bedrohung und darum gingen Hunderttausende auf die Straßen, um gegen den kalten Krieg zu demonstrieren.« Es war der Höhepunkt der deutschen Friedensbewegung und jetzt, ermutigt durch die neue Generation, wagte sich der inswischen 65-jährige Ludwig Baumann zum Schritt aus der Verborgenheit in die Öffentlichkeit. Die Kriegsgegner und Eine-Welt- Aktivisten hatten ihm den Mut dazu gegeben. Von nun an würde er sagen, was er Jahrzehnte lang in seiner Seele verschlossen hatte.

Es war um diese Zeit, dass das »Dem unbekannten Deserteur« geweihte Denkmal in Bremen-Vegesack enthüllt wurde. Die Aufstellung dieses Mahnmals im April 1986 im Foyer des Gustav-Heinemann-Bürgerhauses war das erste Zeichen einer neuen Ära. Es überraschte nicht, dass dadurch eine heftige öffentliche Kontroverse ausgelöst wurde.
Ludwig Baumann erinnert sich: »Jedes Mal, wenn der ehemalige Bremer Bürgermeister Klaus Wedemeier mit dem ehemaligen Verteidigungsminister Wörner von der CDU zusammentraf, hat dieser gefordert, dass das ›Deserteur Ding‹ entfernt werden müsse. Sonst erhalte Bremen keine weiteren Rüstungsaufgaben.«

Die meisten Deutschen wollten am liebsten so wenig wie möglich an das erinnert werden, was während der Hitler-Jahre passiert war. Jetzt aber gab es Anzeichen, dass ihnen diese Amnesie nicht länger erlaubt war. Es war, als sei eine Kraft aus ihrem seelischen Gefängnis ausgebrochen; ein ehemaliger Todeskandidat hatte seine imaginäre Fessel abgeworfen.
Es war nicht einfach für Ludwig Baumann, den Vorgang seines Verdrängens zu verstehen. Jetzt kam vieles zu Tage. Ein Beispiel: »Ich hatte immer gedacht, ich hatte vier Monate lang in der Todeszelle gesessen. Als ich dann die Dokumente las, habe ich herausgefunden dass es acht Monate waren. Dann fragte ich mich, wie konnte ich vier Monate vergessen in einem solchen barbarischen Ort? Um zu überleben hatte ich einfach alle Gefühle unterdrückt. Danach konnte ich kaum leben mit der Erinnerung an diese Schrecken.«

Die Verdrängung der Vergangenheit, die vielen erlaubt hatte, sich vor der persönlichen oder gemeinschaftlichen Verantwortung zu drücken, hatte in Ludwig Baumanns Leben eine total andere Funktion gehabt. Für ihn war sie eine Art Schutzschild gegen Erinnerungen gewesen, die zu entsetzlich waren, um bewahrt zu werden. Sie hatte ihm das Überleben ermöglicht.

Als 1995 die erste Wanderausstellung über die Rolle der Wehrmacht während des Krieges ihre Runde begann, löste sie heftige und umfassende Diskussionen aus. Es sah so aus, als habe die schreckliche Vergangenheit mittels dieser Ausstellung das deutsche Volk nun endlich eingeholt, denn es ging darin ja nicht nur um Hitler und seine engsten Anhänger in SS und Gestapo, sondern um kleine Leute, um ganz normale Soldaten. Plötzlich sah sich das ganze Land mit der bitteren Realität konfrontiert, dass auch von der »unabhängigen« Wehrmacht entsetzliche Gräueltaten begangen worden waren.

Die Bundesvereinigung

Im Oktober 1990 gründete Ludwig Baumann mit 37 anderen noch lebenden ehemaligen Deserteuren die »Bundesvereinigung der Opfer der NS-Militärjustiz«. Man hatte viele Namen in der Kartothek eines Konzentrationslagers gefunden, wo über alle Gefangenen - darunter eben auch über Deserteure - Buch geführt worden war. Unter diesen alten und teilweise schon gebrechlichen Männern waren auch Peter Schilling und Helmut Kober. Auch eine ehemalige Luftwaffenhelferin zählte zu der Gründungsgruppe. Sie war zum Tode verurteilt worden, weil sie am 20. Juli geäußert hatte: »Schade, dass das Attentat nicht gelungen ist, sonst hätten wir bald Frieden.«

Die Bundesvereinigung, deren Vorsitzender Ludwig wurde, setzte sich die vollständige und bedingungslose rechtliche Rehabilitation der Opfer der Militärjustiz zum Ziel. Man forderte die pauschale Annullierung aller Urteile der Kriegsgerichte und damit die Wiederherstellung der Ehre und Würde der Betroffenen.

Bei dem Gründungstreffen in Bremen konnten viele von diesen Männern (häufig mit Tränen in den Augen) zum ersten Mal über ihre Erfahrungen sprechen. Es gab aber auch einige, die nicht in der Lage waren sich zu öffnen. Sie hatten ihre Erfahrungen so viele Jahre unterdrückt, dass sie außer Stande waren, jetzt plötzlich den Deckel zu lüften. Es hatte auch schon vor dem Treffen sehr unterschiedliche Reaktionen gegeben. Einige Opfer waren von der Vergangenheit wie besessen und konnten über fast nichts anderes sprechen, während andere gar nicht in der Lage waren, sich dem Thema auch nur zu nähern. Viele von ihnen hatten ein Leben voller Brüche geführt. Sie hatten keine Verbündeten gehabt, mit denen sie sich über ihre Erlebnisse hätten austauschen können. Diese Isolation war sehr schwierig gewesen, weil fast niemand mit so entsetzlichen Erinnerungen von alleine fertig wird. Auch Ludwig war es ja so gegangen. In all den Jahren vor dem ersten Treffen hatte auch er zu keinem einzigen Leidensgenossen Kontakt gehabt.

»Wenn ich überall im Land die Ehrenmahle für die Gefallenen sehe, die fürs Vaterland ihr Leben gaben, dann kann ich mich von der Vorstellung nicht lösen, dass sie auch da sind, um die Tatsache zu verschleiern, dass diese Männer einen jammervollen Tod für eine kriminelle Sache starben.« Ludwig Baumann

Es wurde bei diesem Treffen auch deutlich, wie sehr die Kinder der Deserteure vom Schicksal ihrer Väter mit betroffen sind. Einige dieser nun erwachsenen Kinder konnten es bald nicht mehr ertragen, vom Leiden der Väter zu hören. Zwei Mitglieder der neuen Vereinigung erzählten von Söhnen, die so sehr am Schicksal ihrer Väter gelitten hatten, dass sie sich zuletzt das Leben nahmen. Andere übernahmen für sich selbst die Opferrolle, indem sie nur noch für den Vater da waren. Zu dieser Gruppe zählte Ludwigs zweit-jüngster Sohn, dem es nie ganz gelungen ist, sein eigenes Leben zu leben. Dass Kinder von Opfern selbst Opfer werden, ist leider nichts Ungewöhnliches. Es ist in der Literatur über Folter gut dokumentiert.

Das Gründungstreffen war der Auftakt zu einer nun einsetzenden und leidenschaftlich geführten Kampagne zur Rehabilitierung der Opfer der NS-Militärjustiz. Es geht um nichts Geringeres als die Wiederherstellung ihrer Würde. »Ja, manche nennen es Ehre, aber ich nenne es lieber Würde«, sagte mir Ludwig Baumann, als wir in seiner kleinen, gemütlichen Wohnung in einem Vorort von Bremen beisammen saßen und über diese Ereignisse sprachen. »Wir müssen weiterkämpfen, nicht nur für uns selbst, aber für künftige Generationen. Desertieren muss als ein Menschenrecht anerkannt werden. Ich träume von einer humanen Gegenwart und Zukunft, frei von jeglicher Gewalt.«

Kampf um Rehabilitierung

Nach dem Krieg hatten die Deutschen die Tendenz, zwischen dem Vaterland auf der einen und dem Nationalsozialismus auf der anderen Seite zu unterscheiden - so als hätten beide recht wenig miteinander zu tun gehabt. Wer so dachte, konnte meinen, es mit zwei verschiedenen Kriegen zu tun gehabt zu haben. Da war einerseits die ehrenvolle Verteidigung des Vaterlandes

durch die Wehrmacht und da war andererseits das verbrecherische Vorgehen der Nazis mittels ihrer SS- und
Einsatzgruppen. Wer den erlebten Krieg in dieser Weise
aufteilte, konnte Deserteure ohne weiteres für Vaterlandsverräter halten, für Soldaten, die ihre Kameraden
im Stich gelassen hatten, nicht aber für Leute, die sich
den Nazis verweigert hatten. Vergessen wurde dabei
die enge Verflechtung zwischen Volk, Partei und Staat.
Vergessen wurde auch, dass Hitler seinen Angriffskrieg
ohne die Wehrmacht und ihre treuen Offiziere nicht
hätte führen können und dass er sich letztlich auf die
Bereitschaft des ganzen Volkes stützen konnte. Es war
eben leider anders, als man es sich rückblickend gewünscht hätte. Wer für Deutschland kämpfte, kämpfte
für das Großdeutschland der Nazis. Es ist so mensch-
lich, sich rechtfertigen zu wollen. Wir sehen unsere Vor-
väter gern in positivem Licht. Es ist gewiss nicht einfach,
mit dem Wissen weiter zu leben, dass die Eltern oder
Großeltern ihre Stimme für Hitler abgaben, dass der
Vater, Bruder oder Sohn als Wehrmachtsoldat fallen
musste in einem Krieg, der ein Verbrechen war. So sind
es eben auch sehr menschliche Bedürfnisse, die den
Blick auf Deserteure verdüsterten, und es überrascht
nicht, dass der Weg zu ihrer Rehabilitierung lang und
mühsam war.

Millionen deutscher Soldaten mussten in diesem Krieg
kämpfen und Millionen von ihnen starben auf den
Schlachtfeldern. Andere überlebten, aber waren geistig
und körperlich zerstört. Niemand, und ganz gewiss nicht
der Autor dieses Buches, hat das Recht, den Soldaten,
die treu ihre Pflicht taten, etwas vorzuwerfen. Sie wussten nicht, was wir heute wissen. Sie waren unentwegt
umfassender NS-Propaganda ausgesetzt und folgten ihrem seit früher Kindheit eingeprägten Pflichtgefühl gegenüber dem Vaterland. Etliche von ihnen werden auch
gegen ihre innere Überzeugung und vielleicht aus Angst
vor den Folgen da weitergemacht haben, wo man sie
hingesetzt hatte. Wir, die nicht dabei waren, haben kein

Recht, uns ein Urteil darüber anzumaßen, wie sie sich in so unheimlich schwieriger Situation hätten verhalten müssen. Wohl aber muss es uns erlaubt sein zu fordern, das die, die sich tatsächlich weigerten, bei diesen Verbrechen mitzumachen, dafür Anerkennung finden. Sie dürfen nicht länger als Verräter eingestuft werden - nur um die große Mehrheit der Kriegsgeneration in besserem Licht zu zeigen.

Ansprache Ludwig Baumanns bei einer Friedensdemonstration

Es vergingen Jahre, ehe es der 1990 gegründeten *Bundesvereinigung der Opfer der Militärjustiz* vergönnt war, von dem für diesen Bereich zuständigen Bundestagsausschuss angehört zu werden. Erst am 15. Mai 1997 kam eine offizielle Erklärung, die wie ein Durchbruch aussah. »Der Zweite Weltkrieg war ein Angriffs- und Vernichtungskrieg, ein vom national-sozialistischen Deutschland verschuldetes Verbrechen.«

Das war definitiv ein Schritt nach vorn, obwohl die Erklärung nichts anderes beinhaltete, als was bereits seit einem halben Jahrhundert der ganzen Welt bekannt war. Auch blieb die Erklärung insofern hinter den Erwartungen zurück, als sie darlegte, dass die Kriegsurteile nur dann als Unrecht zu betrachten seien, wenn die damals beurteilten Straftaten aus heutigem rechtsstaatlichen Blickwinkel keine wären. Da aber Fahnenflucht auch heute bestraft werde, könnten die NS-Urteile nicht pauschal aufgehoben werden. So konnten sich die Wehrmachtsdeserteure immer noch nicht als rehabilitiert betrachten. Sie konnten es selbst dann noch nicht, als im Mai 1998 die gesetztliche Aufhebung aller sonstigen NS-Unrechtsurteile vom Bundestag beschlossen wurde.

Die Mitglieder der Bundesvereinigung waren enttäuscht. Ihnen war es von Anfang an um eine pauschale Aufhebung aller Urteile gegen Wehrmachtsdeserteure gegangen. Das aber war nicht intendiert. Stattdessen sollten die Betroffenen sich einer staatsanwaltschaftlichen Einzelfallprüfung unterziehen. Eine Pauschalrehabilitierung könne schon deshalb nicht in Frage kommen, weil das einer Verurteilung aller anderen Soldaten, die ihre Pflicht getan hätten, gleichkäme. Immerhin gab es 18 Millionen von ihnen.

Aber Ludwig Baumann gab den Kampf nicht auf. »Den alten Männern, die noch leben, darf eine so schändliche Prozedur nicht aufgezwungen werden«, sagte er. »Eine derartige Entwürdigung tun wir uns nicht mehr an.« Die bedingungslose Rehabilitation, auf der er bestand, musste alle umfassen, sowohl die, die noch lebten, als auch die, die schon gestorben waren.

Im Oktober 1998 beschloss die neue rot-grüne Bundesregierung, sich der Sache anzunehmen, aber der Krieg in Jugoslawien verzögerte den Prozess. Der SPD-Gesetztentwurf zur Rehabilitierung wurde erst 2001 erneut - diesmal von der PDS - eingebracht, und im Mai 2002 kam es dann endlich zur gesetzlichen Aufhebung aller Urteile mit Ausnahme des Straftatbestands »Kriegsverrat.« Die Parteien links vom Zentrum gewannen die Abstimmung mit denkbar schwacher Mehrheit. So war es ein halbherziges Ergebnis. Noch 60 Jahre nach dem Krieg galten die Sympathien der Repräsentanten des rechten Bevölkerungsspektrums den NS-Richtern und nicht den Kriegsverweigerern.

Seit der Erstveröffentlichung dieses Buches in dänischer und englischer Sprache ist die Geschichte weitergegangen. Das Jahr 2007 wurde für unser Thema dadurch bedeutsam, dass die »Stiftung Denkmal für die ermordeten Juden Europas« eine Wanderausstellung zur Wehrmachtjustiz in Auftrag gab, die unter dem Titel »was damals Recht war« in deutschen Städten gezeigt wurde/wird. Zugleich war dies auch das Todesjahr desjenigen Kriegsrichters, dem dieses Zitat zugeschrieben wird: Hans Filbinger. Die Forschungen und Publikationen von Manfred Messerschmidt, Fritz Wüllner und Wolfram Wette begannen, eine größere Öffentlichkeit und auf einmal auch die ausländische Presse zu interessieren. In seiner Untersuchung *Das letzte Tabu* ging es Wolfram Wette um den Begriff »Kriegsverrat « und er kam zu dem Schluss, »dass die meisten Fälle von Kriegsverrat politisch oder moralisch/ethisch motiviert waren.« Wiewohl Vertreter der Gegenposition darauf beharrten, dass als Kriegsverrat auch Taten verurteilt wurden, bei denen es um die Gefährdung des Lebens einer Vielzahl von Soldaten ging, bahnte sich allmählich ein Klimawandel an. Am 8. September 2009 war es dann so weit. Mit der beschlossenen Rehabilitierung auch der so genannten Kriegsverräter ging an diesem Tag der Traum Ludwig Baumanns in Erfüllung. Als er sich nach der Abstimmung den Fernsehinterviews vor dem Reichstag zur Verfügung stellte, war er ein glücklicher Mann.

Auf der Suche nach der Wahrheit

Wir blicken noch einmal zurück auf die Stationen auf diesem mühevollen Weg. Der Umschwung begann im Jahre 1991 mit einem sensationellen Spruch des Bundessozialgerichts in Kassel. Dieses Gericht war damals das erste und einzige deutsche Gericht mit einem veränderten Blickwinkel. Die Richter urteilten, dass ihre Kollegen in den Militärgerichten als »verlängerter Arm einer kriminellen Kriegskampagne« fungiert hatten, und erklärten, dass die Todesurteile überwiegend eklatant ungerecht gewesen seien und dass die Militärgerichte als bereitwillige Assistenten des Nazi-Terrors gewirkt hätten. Nicht nur in problematischen Einzelfällen habe Unrecht stattgefunden, sondern die Kriegsrichter hätten eine große Zahl von Todesurteilen ausgesprochen, die rechtsstaatlichen Anforderungen nicht entsprechen. Um ihrer Meinung Nachdruck zu verleihen, zitierten die Richter den in der damaligen Zeit regelmäßig bemühten Spruch: »Wer den Tod in Ehren fürchtet, stirbt in Schande.« Dieser Spruch bedeutete mehr oder weniger, dass derjenige, der die Ehrenpflicht als Soldat verweigerte, das Recht auf sein Leben verwirkt hatte.

Zu diesem Aufsehen erregenden Urteil kam es, als die Witwe eines hingerichteten Wehrpflichtigen Klage gegen den Staat einreichte. Mit diesem Urteil gewann sie den Kampf und ihr wurde außer Schadenersatz auch eine (sehr späte) Kriegsopferrente zugeteilt. Zugleich forderten die Richter den Gesetzgeber auf, für ähnliche Fälle in der Zukunft klare und eindeutige Richtlinien zu geben.

Die Kasseler Richter waren bei ihrer Urteilsfindung insofern einen neuen Weg gegangen, als sie sich nicht einfach an offiziellen Kommentaren (wie dem von Schwinge) orientierten, sondern erstmals auf die militärhistorischen Forschungen von Manfred Messerschmidt und Fritz Wüllner eingingen. Deren Buch war 1987 unter dem Titel *Die Wehrmachtjustiz im Dienste des Nationalsozialismus. Zerstörung einer Legende* erschienen.

Der Versicherungsdirektor Fritz Wüllner war frühzeitig in den Ruhestand gegangen, um in den Kriegsarchiven die Wahrheit über das Schicksal seines ermordeten Bruders Heinrich herauszufinden. Dieser hatte 1940 am Angriff auf Frankreich teilgenommen, hatte einem Strafbataillon angehört und war wegen eines Fluchtversuchs zum Tode verurteilt und hingerichtet worden. Wüllners Suche, die ihn im Blick auf das Schicksal seines Bruders nicht viel weiter brachte, förderte indessen bisher unbekannte Schrecken zu Tage. In in- und ausländischen Archiven stieß er auf eine Flut von Dokumenten über den Missbrauch der Kriegsgerichte und über das Leiden militärgerichtlich verurteilter Soldaten in Lagern, Gefängnisssen und Sondereinheiten an der Front.

Fritz Wüllner traf auch wieder und wieder auf die Namen von Männern, die in der Militärjustiz eine Hauptrolle gespielt hatten. Hans Filbinger war einer von ihnen. Häufiger noch ging es aber um Richter Erich Schwinge. Wir verdanken Wüllner die Kenntnis unzähliger Einzelheiten über das barbarische Vorgehen der NS-Militärjustiz, darunter z.B. auch über das Schicksal des oben erwähnten Anton Reschny.

Das Urteil von Kassel, in dem sich ein Umschwung in der Bewertung der NS-Justiz anbahnte, wurde einer breiteren Öffentlichkeit erst in dem Augenblick bekannt, als der damals schon 90 Jahre alte Professor Schwinge sich zu Wort meldete. Er reagierte mit scharfer Kritik. Empört schrieb er in der *Neuen Juristische Wochen-*

schrift: »Mit diesem Urteil hat der Oberste Gerichtshof in Kassel mit einem Schlag Tausende von Menschen stigmatisiert und krimineller Handlungen beschuldigt.« Es gehe schließlich um den »historischen Ruf« der Wehrmachtsrichter, zu denen er ja selber zählte. Die 20 000 Opfer der Henker bekümmerten ihn dabei wenig.

Richter Erich Schwinge

Dass dieser Richter bis zum Ende der achtziger Jahre seine Karriere unbehindert fortsetzen und weiterhin Einfluss auf die Justitz ausüben konnte, lässt sich nur mit der das ganze Volk umfassenden Verdrängung der Vergangenheit erklären. Die Deutschen - speziell auch ihre Politiker - wollten »vergessen«, was geschehen war. In dieser Atmosphäre gab es nur wenige, die den Mut hatten, gegen den Einfluss Schwinges und seiner Gesinnungsfreunde zu protestieren. Schwinge galt als Experte, dem gestattet war, auf Jahrzehnte die öffentliche Meinung zu beeinflusssen. Das, was er sagte, kam den meisten sehr gelegen. Es entsprach ihren Wunschvorstellungen, dass er darauf bestand, dass es zumindest in der Wehrmacht rechtsstaatlich zugegangen sei. Übergriffe habe es daselbst nicht gegeben. Die Soldaten hätten die Heimat mit sauberen Mitteln verteidigt und Deserteure hätten die Kameraden bei dieser ehrenvollen Aufgabe gefährdet. So gesehen war Fahnenflucht ein Verbrechen nicht nur gegenüber dem Staat, sondern auch gegenüber den Kameraden, denen »grundlegende Solidarität« verweigert wurde.

Vielleicht ist es in diesem Zusammenhang nicht unerheblich, daran zu erinnern, dass die Kriegshandlungen der Wehrmacht es erst ermöglichten, dass die Nazis ungehindert die Ermordung von Millionen Menschen fortsetzen konnten. Solange die Soldaten an der Front das Vaterland verteidigten, solange konnten die Vernichtungslager ungestört weitermachen. Wer war es denn nun eigentlich, dem »grundlegende Solidarität« verweigert wurde?

Der »tapfere« General

Noch 1989 vertrat die Regierung im Bundestag die Auffassung, dass die Urteilssprüche bei Fahnenflucht nur in Ausnahmefällen als Unrecht betrachtet werden könnten. Sie stützte ihr Argument auf die Tatsache, dass Fahnenflucht auch in allen demokratischen Staaten, die am Krieg teilgenommen hatten, strafverfolgt wurde. Diese Argumentation muss die Opfer wie ein

Schlag ins Gesicht getroffen haben. Denn sie offenbarte, dass die Bundesregierung sichtlich nicht fähig oder willens war den Unterschied zu erkennen zwischen einem brutalen Aggressor, der seine Jugend in einen verbrecherischen Krieg schickte, und demokratischen Staaten, denen keine andere Wahl übrig blieb, als sich militärisch zu verteidigen und sich dabei aller verfügbaren Mittel zu bedienen.

Da war so vieles, was schwer zu fassen war. Die fehlende Wahrnehmung und Aufarbeitung zeigte sich überall. So entdeckte Ludwig Baumann beispielsweise im März 1993, dass 128 ehemalige lettische Söldner der Waffen-SS seit dem Krieg in Übereinstimmung mit geltender Gesetzgebung eine regelmäßige finanzielle Unterstützung vom deutschen Staat erhielten. Zur selben Zeit erfuhr er, dass die Witwe eines der blutigsten aller Blutrichter, Roland Freisler, über die Jahre eine ansehnliche Pension bekam, basierend auf den Dienstjahren ihres Mannes als Präsident des Volksgerichtshofs, des höchsten Gerichts des NS-Staates für politische Strafsachen.

So war es eben. So sah die Wirklichkeit aus: Witwen von SS-Offizieren und von anderen NS-Tätern erhielten großzügige Kriegsrenten, während den Witwen von Deserteuren und ihren vaterlosen Kindern keinerlei Unterstützung oder Schadenersatz gewährt wurde. Sie gingen leer aus. (Auf den Ausnahmefall in Kassel wurde bereits hingewiesen.) Bei der Berechnung der Renten von Deserteuren, die überlebt hatten, wurden wegen der »fehlenden« Jahre im Gefängnis entsprechende Abzüge gemacht. Für jeden Tag, an dem sie nicht marschiert waren, wurde Geld abgezogen. Ehemalige SS-Schergen hatten vergleichsweise ein Recht auf eine volle Rente, die auf der Anzahl ihrer Dienstjahre basierte.

Roland Freisler, Präsident des Volksgerichtshofs, war als brutaler Verfolger aller Gegner des Naziregimes - inclusive der Deserteure - für tausende von Todesurteilen verantwortlich.

Ludwig Baumann sah diese Ungerechtigkeit und nahm den Kampf dagegen auf. Leicht war es nicht, denn es gab viele Gegner. Es handelte sich dabei um Einzelpersonen, aber auch um organisierte Interessenverbände. Einer der mächtigsten Gegner war der »Ring Deutscher Soldatenverbände«. Zum damaligen Zeitpunkt vertrat diese Organisation 430 000 Menschen und hatte den ehemaligen General Jürgen Schreiber zum

Vorsitzenden. Für Schreiber war Fahnenflucht das schlimmste von allen Verbrechen. Folglich verweigerte der Ring Deutscher Soldatenverbände den Deserteuren jeglichen Beistand. Im Gegenteil: es wurde alles unternommen, um ihre Rehabilitation zu verhindern.

Der General, der Deserteure für Drückeberger hielt, musste allerdings später, d.h. nach seiner Pensionierung, um den eigenen Ruf kämpfen. Als junger Feldwebel hatte Schreiber in der Luftwaffe gedient und hatte während dieser Zeit mittels persönlicher Beziehungen versucht, einer Stationierung zu entgehen, die mit großer persönlicher Gefahr verbunden war. Als seine Luftwaffeneinheit im Februar 1945 den Befehl bekommen hatte, sich der sehr unter Druck stehenden Infanterie anzuschließen, hatte der junge Feldwebel mehrere Briefe an seinen Vater, einen einflussreichen Kriegsrichter, geschrieben, die später in einem Archiv in Prag gefunden wurden. Darin hieß es: »Lieber Vater, tue was, damit ich nicht an die Front muss....Tue was, bevor es zu spät ist.«

Trotz oder vielleicht auch wegen dieser Vorgeschichte, über deren Bekanntwerden er nicht glücklich sein konnte, kämpfte General Schreiber gegen jegliche Form von Verständnis gegenüber den Deserteuren an. Für ihn, wie für so viele andere, wäre eine Rehabilitierung dieser Männer einer Anklage gleichgekommen, nicht nur gegen die Wehrmacht als Institution, sondern auch gegen eine ganze Generation von Soldaten, ihn selber eingeschlossen. Obwohl es da eine Leiche in seinem Keller gab, fühlte sich der General dennoch berechtigt, andere aufs Korn zu nehmen, die ohnehin schon körperlich und seelisch verletzt worden waren, und sich selbst als ehrenvollen Soldaten darzustellen.

Bei seinem Kampf um Rehabilitierung traf Ludwig Baumann auch auf machtvolle Gegner unter den Politikern. Einer von ihnen war der oben erwähnte CSU-Abgeordnete Norbert Geis, der als Sprecher seiner Partei in Fragen des Rechts auf der Prüfung jedes einzelnen Falles bestand. Eine pauschale Rehabilitierung komme überhaupt nicht in Frage, da nur die wenigsten Deserteure politische Motive gehabt hätten. Zur Untermauerung seiner Stellungnahme im Bundestag berief sich Geis auf Experten wie Franz W. Seidler, Professor für Neuere, insbesondere Sozial- und Militärgeschichte an der Bundeswehrhochschule in München. In seinem 1993 veröffentlichten Buch *Fahnenflucht* hatte Seidler geschrieben, dass die meisten Deserteure aus Angst vor einer kriegsgerichtlichen Bestrafung desertierten, weil sie gegen das Militärstrafgesetz verstoßen hatten, und nicht etwa, weil sie gegen diesen Krieg gewesen seien. »Ihr Bildungsniveau war zu niedrig, um solch eine Entscheidung zu treffen«, erklärte er. Nach seiner Meinung handelte es sich meist um einfache Leute, die aus gestörten Familienverhältnissen kamen und keine berufliche Ausbildung abgeschlossen hatten. Seidlers Urteil hinsichtlich der Minderwertigkeit dieser Personengruppe unterschied sich wenig von dem der Nazis. Auch die Nazis hatten ja Kriegsverweigerer als minderwertig und asozial eingestuft.

Was hätte man denn Besseres tun können als Hitlers Krieg zu verraten?

Ludwig Baumann

Die Aussagen dieses Mannes waren tatsächlich bemerkenswert. Er hatte für alles eine Erklärung. Obwohl verhaftete Deserteure bekanntermaßen unter unmenschlichen Bedingungen als Zwangsarbeiter eingesetzt wurden und Tausende dabei starben, behauptete der Professor, dass sie ausreichend zu essen gehabt hätten und dass ihre Lebensbedingungen mehr als zufriedenstellend waren. Wer krank wurde, sei dafür persönlich verantwortlich gewesen, meinte er, und für den sich verschlechternden Gesundheitszustand der Gefangenen machte er diese selbst verantwortlich, insofern sie Nahrungsmittel gegen Tabak eingetauscht und rohe Kartoffeln gegessen hätten. Dieser Mann galt als Experte und war einer der wichtigsten Kronzeugen der Gegner einer Rehabilitation der Opfer der Kriegsgerichte. In der anhaltenden Debatte waren es vor allem seine Ansichten, die den Kampf um Gerechtigkeit erschwerten. Ludwig Baumann findet seine Anschauungen faschistisch. »Dieser Mann hat zahlreiche Offiziere für die Bundeswehr ausgebildet. Ihm fehlt jede Distanz zum Dritten Reich.«

Viele der Richter haben nach dem Krieg Karriere gemacht, einige sind sogar bis zu Bundesrichtern aufgestiegen. Sie haben die Nachkriegsrechtsprechung entscheidend mitgeprägt. Hätten sie uns rehabilitiert, hätten sie befürchten müssen, selbst angeklagt zu werden. Erst als keiner mehr von ihnen im Amt war, hat der Bundesgerichtshof, vielleicht in später Reue, festgestellt: Die Wehrmachtsjustiz war eine Blutjustiz.

Ludwig Baumann

Lars G. Petersson

Es lebe das Deutsche Reich

"Ehrenwerte Gesellschaft",
Wehrmachtsdeserteure a.D.,

wo leben wir denn?! Dies ist doch nur in unserer Bananenrepublik
möglich, daß eine Gesellschaft wie die Ihrige gegen die Bundeswehr
Dienstaufsichtsbeschwerde erhebt, wie beigefügter Zeitungsausschnitt
ausweist.

Wer hat sich denn in Ihrem Verein zusammengerottet? Wahrscheinlich
nur solche Typen, die sich bei der ehem. Wehrmacht Straftaten wie

> Desertation bzw. Fahnenflucht
> Feigheit vor dem Feind
> Befehlsverweigerung
> Wehrkraftzersetzung
> Kameradendiebstahl
> Plünderei
> Vergewaltigung von Frauen
> im besetzten Gebiet
> Schwulsein (A....f....rei)
> Sabotage
> Selbstverstümmelung
> Zusammenarbeit mit dem Feind
> u.ä. Taten

zuschulden kommen ließen. Und nun spielt man den Widerstandskämpfer,
läßt sich womöglich noch eine Entschädigung aus Steuermitteln zahlen,
die Kriegsteilnehmer, welche bis zum Schluß anständig geblieben sind,
mit ihren Steuern aufzubringen haben.

Die Wehrmachtsdeserteure a.D., wozu ja auch Ihr Ludwig Baumann aus
Bremen gehört, müssen sich sagen lassen, daß in allen Armeen der Welt
Desertation mit der Todesstrafe bedroht war und noch ist, wenn diese
im Kriegseinsatz erfolgte. Da gab es doch nichts anderes für solche
Feiglinge, die ihre Kameraden im Stich ließen, um ihren Arsch in
Sicherheit zu bringen. An die Wand damit oder Rübe ab war doch das
einzig Richtige für solche Kreaturen ohne Charakter, Gewissen und
Kameradschaft. Jeder Landser hatte den Wunsch, den Krieg lebend zu
überstehen und Millionen von ihnen taten ihre Pflicht bis zum bitteren
Ende. Sicherlich waren die wenigsten davon dem NS_Regime verbunden.
Sie blieben anständig bis zum letzten Tag in der Überzeugung, ihre
Heimat verteidigen zu müssen.

Der Gipfel der Unverschämtheit ist, daß man den zurecht hingerichteten
Deserteuren, sprich Kameradenverräter, noch Denkmäler setzt. Dies ist
doch eine Verhöhnung der Opfer, die in Wahrung ihrer Ehre im Kriege
ihr Leben verloren haben. Aber wie gesagt, in unserem jetzigen Deutschland ist alles möglich. Daher ein "Pfui" den Wehrmachtsdeserteuren a.D.!

Alois Groeblehner   8000 München 2
                                     T̶a̶l̶l̶i̶n̶g̶k̶r̶a̶f̶t̶ Str. 25

Oberstleutnant der
DEUTSCHEN WEHRMACHT
-Träger des Ritterkreuzes
mit Eichenlaub und Schwertern-

(II. Gruppe/Jagd-
geschwader 54)

Unser Führer
und Oberster Befehlshaber
der DEUTSCHEN WEHRMACHT

Reichsverteidigung

M., im März 1994

Herr Baumann!

Eine andere Anrede ist mir nicht möglich.
Der "deutschen Presse" habe ich entnommen,daß Sie
als Fahnenflüchtiger bzw.Wehrkraftzersetzer bei
einem Volkstrauertag auftreten durften.
Nun, in dieser BRD(Besetztes Rest-Deutschland)ist
nichts unmöglich.
Seien Sie aber versichert, Volksschädling Baumann,
daß Sie **für a l l e s**   alsbald sich vor dem
REICHSKRIEGSGERICHT in Berlin zu verantworten haben.
Das DEUTSCHE REICH befindet sich noch immer im
Kriegszustand,folglich gilt noch immer Kriegsrecht.
Was Sie zu erwarten haben,ist klar.
Nehmen Sie vorher Zyankali, dies erspart Ihnen
Nerven und der alsbald wieder funktionierenden
reichsrechtlichen Justiz und dem Herrn Reichs-
Finanzminister etliche Reichsmark.

Stets dem deutschen Recht und der Wahrheit
verpflichtet verbleibe ich getreu meinem Fahneneid
mit den Worten:Es lebe das DEUTSCHE REICH!

                Mit DEUTSCHEM GRUß

Briefe dieser Art, von denen die meisten anonym waren, hat Ludwig Baumann über die Jahre regelmäßig erhalten. Als Vorsitzender der Bundesvereinigung galt er vielen Menschen auf der rechten Seite des politischen Spektrums als Hassfigur.

Die Absender unterscheiden sich, aber die Sprache und die Inhalte in den hunderten von Briefen sind fast immer die gleichen.

Nürnberg. den 9.Dez.1993

Sehr geehrter Herr Baumann !
Sollten Sie der in beiliegendem Bericht erwähnte Ludwig Baumann aus Bremen sein, dann kann ich nur bedauern, daß Sie nicht erschossen oder geköpft wurden. Wo in der Welt haben Deserteure sich eingebildet, noch Kränze geflochten zu bekommen. Halunken, Strolche, feige Schurken waren sie. Diese Deserteure haben das Leben von hunderttausenden Kameraden auf dem Gewissen. Das Sie sich wagen, überhaupt noch in der Öffentlichkeit aufzutreten, ist eine Schande. Sie mögen dafür in der Hölle büssen. Der erwähnte Oberstleutnant, den ich nicht kenne, hat richtig gehandelt. Das meinen alle Freunde und Bekannten von mir. Ich bin 37 Jahr alt, habe nicht gedient, sondern Ersatzdienst geleistet. In meinen Augen sind Sie und die anderen Deserteure elende, verachtenswerte Lumpen und Banditen und Mörder an ihren im Stich gelassenen Kameraden. Sie wollten doch nicht das System bekämpefen, sondern waren ein feiger hinterhältiger Schurke. Opfer der Militärjustiz ? Man kann darüber nur lachen.

Eine neue Ära in Torgau

Die Deserteure, die nach dem Krieg in den westlichen Besatzungszonen lebten, wurden von ihren Landsleuten beschimpft, aber denen im östlichen Teil, in der späteren DDR, ging es nicht viel besser. Auch dort begegnete man ihnen mit Hass und Verachtung - es sei denn, es handelte sich um als Kommunisten ausgewiesene Überläufer. Nicht einmal in dieser antifaschistischen Republik, die andere »Opfer des Faschismus« und »Verfolgte des Naziregimes« durchaus entschädigte, wurden sie als Helden und rechtschaffene Menschen geehrt. Überwiegend sprach man einfach gar nicht über sie; sie wurden totgeschwiegen. Fahnenflucht, Befehlsverweigerung und der Wunch nach Selbstbestimmung passten offensichtlich nicht in das erwünschte Bild vom angepassten Bürger in der jungen sozialistischen Diktatur. Die kommunistische Führungsschicht stabilisierte sich und hielt es für geboten, dass die Normalbürger und Genossen von umstürzlerischen Ideen ferngehalten wurden. Das erklärt das Schweigen. Die Wehrmachtdeserteure waren eben keine guten Vorbilder für die Nachwuchsbevölkerung, und in der 1956 etablierten Volksarmee war das Thema aus naheliegenden Gründen tabu.

In gewisser Weise war dies überraschend, wenn man bedenkt, dass in der DDR eine große Anzahl ehemaliger Nationalsozialisten - unter ihnen viele Kriegsrichter - wegen ihrer NS-Vergangenheit in den so genannten Waldheimer Prozessen strafverfolgt und verurteilt worden waren. Diese 1950 geführten Prozesse gegen 3.385 mutmaßliche Verbrecher sind unter dem Namen der kleinen ostdeutschen Stadt, wo sie stattfanden, bekannt geworden. Trotz der durch diese Prozesse ausgelösten Auseinandersetzung mit der NS-Diktatur kam das den Wehrmachtsdeserteuren angetane Unrecht auch hier nicht ins Blickfeld. Zu diesem Thema fehlte jede Diskussion.

Andere Probleme tauchten später auf. Nach der Wende urteilte der Bundesgerichtshof, dass die Waldheimer Prozesse einen »krassen Missbrauch der Justiz zur Durchsetzung machtpolitischer Ziele« dargestellt hatten. Wiewohl das mit Sicherheit der Fall war, gilt es festzuhalten, dass in Waldheim nicht nur politische Gegner des DDR-Regimes verfolgt worden waren, sondern zweifellos auch Personen mit NS-Vergangenheit, die viel Blut an den Händen hatten.

Kurz nach der Wiedervereinigung Anfang der neunziger Jahre wurde als eines der ersten Gesetzte des neuen Bundestages in Bonn das so genannte »SED-Unrecht Gesetz« verabschiedet. Mit diesem Gesetz wurden alle Urteile der Waldheimer Prozesse pauschal für ungültige erklärt und somit aufgehoben. Das bedeutete, dass zugleich mit den gewiss zahlreichen Unschuldigen auch die einst verurteilten Kriegsverbrecher auf einmal pauschal rehabilitiert wurden und Anspruch auf Schadenersatz anmelden konnten. Unter ihnen gab es viele ehemalige Kriegsrichter.

Die Meinungsdifferenzen darüber, wer nun eigentlich als echtes Opfer zu betrachten sei, führten zu einem bitteren Streit und haben viel Leid verursacht. Wir müssen uns klar machen, dass es sich um drei unterschiedliche Gruppen handelte, die alle in einen Topf geworfen wurden: die Opfer von Hitlers Wehrmachtjustiz, die politischen Opfer der DDR-Diktatur und die NS Verbrecher, die angeblich »Opfer« der DDR-Justiz gewesen waren. Derart unvereinbare Assoziationen verbanden sich von nun an mit dem Namen Torgau.

Aus der Sicht der Deserteure und anderer Opfer der Blutrichter ist Torgau der Ort ihres unverwechselbaren Leidens und es erzeugt Bitterkeit, dass man dort zwar ein Denkmal für die Opfer der kommunistischen Diktatur errichtete, dass es aber für ihre spezifische Gruppe keine eigene Erinnerungsstätte gibt, an der sie sich sammeln könnten. Die Bitterkeit gilt vor allem der Rehabilitierung der NS-Kriegsrichter. Aber Ludwig Baumann und die *Bundesvereinigung Opfer der NS-Militärjustiz* stoßen auf wenig Verständnis bei den Entscheidungsträgern der *Stiftung Sächsische Gedenkstätten*, denen Verfolgte der sowjetischen und der nachfolgenden SED-Diktatur offenbar wichtiger sind als die Opfer der Nazis.

So entstand ein Interessenkonflikt zwischen der politischen Rechten auf der einen und verschiedenen Gruppen von Kriegsopfern auf der anderen Seite. Dieser Streit wurde durch die Jahre zunehmend bitter. Einer der strittigen Punkte ist eine Dauerausstellung auf Schloss Hartenfels in Torgau. In dieser Ausstellung, die den Besucher über vergangene Unterdrückung informieren will, wird der Versuch einer Parallelisierung der Verbrechen beider deutscher Diktaturen unternommen. Dass die Opfer der Nazi-Ideologie zu Gunsten der Opfer, die unter den Kommunisten litten, zur Seite gedrängt werden, läuft auf eine Verharmlosung des Nationalsozialismus hinaus. Schlimmer noch ist, dass unter den echten Opfern der ostdeutschen Unterdrückung die Namen von Gestapo- und SD-Mitgliedern und von Kriegsrichtern auftauchen. Die Nazi-Vergangenheit dieser Männer hat man bequemerweise »vergessen«. Das einzige, was heute zählt, ist, dass sie alle durch die Waldheimer Prozesse verurteilt und später durch das SED-Unrechtgesetz rehabilitiert wurden. Für die Opfer der Nazis ist dieser Zustand schwer zu ertragen. Eine fragwürdige Gemeinschaft ist ihnen aufgezwungen worden. Zwar haben auch sie im Schloss einen Platz bekommen, aber einen bescheidenen Platz und vor allem einen in unmittelbarer und demütigender Nachbarschaft mit ihren Peinigern.

Anfang der neunziger Jahre wurde ein drei Meter hohes Kreuz vor dem berüchtigten Gefängnis Fort Zinna in Torgau errichtet, bei dem es wie auch in der Schlossausstellung um die Erinnerung letztlich unvereinbarer Opfergruppen ging. Mit der Errichtung dieses Denkmals begann die Auseinandersetzung, denn zu den Opfern, die hier geehrt wurden, zählten der »Henker von Torgau-Brückenkopf«, Kommandant Friedrich Heinicke, und der Henker von Torgau, Franz Klose.

Besonders umstritten war jahrelang auch eine persönliche Gedenktafel auf dem evangelischen Friedhof, die dem »Engel von Zinna« gewidmet war, einem Arzt, dem dieser Titel einst von Mithäftlingen gegeben worden war. Auch diesmal hatte die Stiftung bei diesem Projekt geholfen, war aber entschieden zu weit gegangen. Nach schweren Protesten von Menschenrechtsorganisationen musste die 1996 aufgestellte Gedenktafel wieder entfernt werden. Der »Engel«, um den es sich handelte, Professor Friedrich Timm, war von einem sowjetischen

Militärgericht verurteilt worden und war zwischen 1950 und 1955 in Torgau inhaftiert gewesen. Seine Vorgeschichte war bei der Enthüllung der Gedenktafel ausgeblendet worden, obwohl schon damals bekannt gewesen war, dass dieser deutsche Akademiker während des Krieges auf Grund seiner Doktorarbeit über Herkunft und Rasse seinen weißen Kittel mit braunen Flecken beschmutzt hatte. Professor Timm hatte einen Forschungsauftrag an Erich Wagner vergeben und dessen Recherchen über die Tätowierungen von 800 Buchenwaldhäftlingen befürwortet. Es war auffällig, dass die Häftlinge bei diesen Untersuchungen starben und dass ihre Tätowierungen abgelöst wurden. Ilse Koch, die berüchtigte Frau des KZ-Kommandanten, fühlte sich auf Grund dieser Forschung zu Sammlungen von Gegenständen aus präparierter Haut inspiriert. Die Haut untersuchter Häftlinge wurde z.B. in der Produktion von attraktiven Lampenschirmen verwendet.

Es ist nicht nur die Dauerausstellung »Spuren des Unrechts« und der zweifelhafte Charakter des oben erwähnten Kreuzes, die Ludwig und seine Freunde kränken, sondern auch das fortwährende Ansinnen, ihnen ein Denkmal in Fort Zinna aufzwingen zu wollen, das allen Opfergruppen pauschal gewidmet sein soll. Hier wiederholt sich dasselbe: Wird dieser Plan realisiert, dann finden sich die Deserteure genau wie im Torgauer Schloss nicht nur in Nachbarschaft mit den unschuldigen Opfern Ulbrichts und Honeckers, womit sie kein Problem hätten, sondern eben auch mit nationalsozialistischen Kriegsverbrechern. Vor dem berüchtigten Gefängnis, wo das Kreuz bereits seinen Platz gefunden hat, soll dieses neue Denkmal für die Opfer beider totalitären Regime errichtet werden. Für Ludwig und seine Freunde ist dies unannehmbar. Es wäre für sie schmerzlich und erniedrigend, wenn man ihrer Seite an Seite mit den Richtern und Henkern gedächte, die ihnen so viel Leid zugefügt haben. Baumann: »Keiner von uns wird jemals diesen Ort mehr besuchen. Es wird nicht unser Denkmal sein.« So erweist sich die geplante Gedenkstätte als weiteres Kapitel auf dem langen Weg von Verachtung, Spott und Demütigungen.

Glücklicherweise sehen die Deserteure sich in diesem Kampf nicht allein gelassen. Einflussreiche Menschen stehen ihnen zur Seite. Sowohl der *Zentralrat der Juden in Deutschland* als auch eine Reihe von anderen Opferorganisationen haben ihre Zusammenarbeit mit der Stiftung abgebrochen, weil sie in deren politischem Konzept eine bedenkliche Neubewertung der Gedenkstättenkultur wittern, die schwerwiegende Folgen für die Bundesrepublik insgesamt haben könnte. Einwände kommen ebenfalls von einer Arbeitsgruppe für Gedenkstätten in früheren Konzentrationslagern. Offenbar, so meinen sie, sei es nicht mehr wichtig darüber nachzudenken, dass der Nationalsozialismus ein hausgemachtes deutsches Übel war, während sich ja doch die ostdeutsche SED-Diktatur im Wesentlichen auf die Bajonetten der Roten Armee stützte. Sie sehen in dieser Entwicklung die bewusste Weichenstellung für eine künftige verzerrte Geschichtsschreibung und davor haben sie Angst.

Auch auf internationaler Ebene zeigt man sich besorgt. Warnungen kommen z.B. von dem internationalen Komitee ICMEMO, das sich mit Museen und Gedenkstätten für die Opfer von Staatsverbrechen beschäftigt. Das Komitee sieht in dieser Entwicklung den Versuch, die Denkmalspflege unter zentrale Kontrolle zu bringen - etwas, was paradoxerweise an die Politik der ehemaligen DDR-Diktatur erinnert.

Einer der Mitstreiter Ludwig Baumanns bei der Suche nach einer würdigen Gedenkstätte war Franz von Hammerstein, dessen Tod im August 2011 bekannt gegeben wurde und um den viele Freunde in Friedens- und Versöhnungsgruppen seither trauern. Sein Vater Kurt

*Ludwig Baumann mit einem Plakat vor einer Ehren-
wache der Bundeswehr am Volkstrauertag 1991 in
Bremen-Schwanewede: »Über 20 Millionen Tote
in der von uns überfallenen Sowjetunion mahnen
uns zur Versöhnung mit ihrem Land.«*

von Hammerstein, Generaloberst und ein entschiedener Gegner des Nationalsozialismus, reichte schon 1933 sein Entlassungsgesuch ein, da er keine Möglichkeit sah, der Indoktrination der Reichswehr mit NS-Gedankengut entgegen zu wirken. Er knüpfte Kontakte zum militärischen Widerstand und zwei seiner Söhne waren am Putschversuch vom 20. Juli beteiligt, aber tauchten nach dessen Scheitern unter und überlebten. Ein dritter Sohn, der eben genannte Franz von Hammerstein, langjähriger Generalsekretär der *Aktion Sühnezeichen/ Friedensdienste*, war sich mit Ludwig Baumann darin einig, dass der bevorzugte Ort für ein Denkmal in Halbe zu suchen sei, einem kleinen Dorf südlich von Berlin.

Halbe war der Standort für die letzte große Schlacht des Krieges gewesen. Auf dem örtlichen Friedhof - zwischen unzähligen anderen Kriegsgräbern - sind sechzig Deserteure begraben, und seit 1990 hat sich das Dorf zu einer Pilgerstätte für Tausende von alten und neuen Nazis entwickelt. Jedes Jahr im November, am Volkstrauertag, kommen sie in Scharen und sehen sich dann konfrontiert von der zahlenmäßig viel kleineren Gruppe protestierender Friedens-Aktivisten und Anti-Faschisten. Die beiden Männer, deren Leben durch die Tragödie des Krieges überschattet wurde, konnten sich vorstellen, dass das von ihnen gewünschte Denkmal gerade an dieser Stelle den Kampf für eine friedliche Zukunft stärken könnte.

Jüdische Unterstützung

Ludwig Baumann war der Verzweiflung nahe. Seit mehreren Jahren hatte er nun schon für die Rehabilitierung der Opfer der NS-Militärjustiz gekämpft. Gerade hatte er noch einmal als einer der Experten bei einer Bundestagsanhörung (am 29. November 1995) darüber gesprochen, als sich unmittelbar im Anschluss ein ehemaliger Wehrmachtsrichter, Gottfried Keller, zu Wort meldete.

Diesem Mann zuhören zu müssen war qualvoll. Gottfried Keller verteidigte und rechtfertigte sich selbst und seine Kollegen. Nicht nur vertrat er die Meinung, dass die Gerichte nach rechtsstaatlichen Regeln gearbeitet hätten, sondern er ging sogar so weit, die Rechtsprechung derselben als »Segen« zu bezeichnen.

Es war nicht nur Ludwig Baumann, der sein Entsetzen schlecht verbergen konnte. Auch die Fraktionssprecherin der Grünen, Christa Nickels, machte ihrem Ärger Luft mit dem Ausruf: »Unglaublich, er verteidigt die Nazi-Richter!« Die Empörung unter den Anwesenden bei Kellers Worten war offenkundig.

Horst Eylmann (CDU) bemühte sich ohne viel Erfolg, die Wogen zu glätten. Als Vorsitzender dieser Sitzung hatte er bei dem emotionsgeladenen Thema zweifellos mit Spannungen gerechnet, da außer Keller, der nach dem Krieg Präsident des Oberlandesgerichts in Hessen wurde, auch viele seiner Freunde zu dieser Bundestagsanhörung eingeladen worden waren. Keller berief sich auf die damals gültigen Gesetze und wurde von seinen zahlreichen Parteigängern darin unterstützt. So betonte der oben erwähnte General Schreiber in seinem Beitrag, dass schließlich jeder Rekrut wisse, dass Abwesenheit von der Truppe ein zu bestrafendes Verbrechen sei. Er bestand darauf, dass die Kriegsrichter nichts mit dem NS-System zu tun gehabt hätten, was dadurch erwiesen sei, dass Hitler niemals persönlich einen Kriegsrichter empfangen habe. Ähnlich äußerte sich der Militärhistoriker Franz Seidler von der Bundeswehrhochschule in München, als er sagte: »Hitler hat keinen Respekt für die Kriegsrichter gehabt. Sie waren zu schwach und unpolitisch.«

Hier wird deutlich, dass die Bemühung um eine Rehabilitierung der Wehrmachtsdeserteure auch Jahrzehnte nach dem Krieg noch immer mit einer mächtigen Opposition zu rechnen hatte. Daneben gab es aber auch eine zuverlässige Unterstützung von anderer Seite. In diese Gruppe gehörte z.B. der Vorsitzende des *Zentralrats der*

Juden in Deutschland, Ignatz Bubis, der sich bis zu seinem Tod im Jahre 1999 auf vielen Gebieten für Zusammenarbeit, Vergebung und Gerechtigkeit eingesetzt hatte. Zu unserem Thema äußerte er sich wie folgt: »Ich verstehe und unterstütze die Forderung derjenigen, die aus politischen Motiven oder ihrer Überzeugung wegen aus der Wehrmacht desertiert sind, nach Rehabilitierung und Entschädigung. Sie dürfen nicht als Kriminelle gelten, sondern müssen in ihren Überzeugungen gewürdigt werden. In Fällen von Kriegsdienstverweigerung oder Wehrkraftzersetzung sollte es eine generelle Rehabilitierung geben. Eine solche pauschale Rehabilitierung könnte auch sicherlich auf andere ähnliche Bereiche erweitert werden. Die betroffenen Menschen sollten auch entschädigt werden. Die Rehabilitierung muss auch posthum gelten.«

Bubis hielt eine Klärung für wichtig, da eine solche sich auch über die Betroffenen hinaus auswirken werde. Dem Argument, dass mit einer Rehabilitierung Millionen deutscher Soldaten ins Unrecht gesetzt würden, hielt er entgegen: »Soldaten haben sich schon immer auf den Willen zur Pflichterfüllung berufen, und das können sie auch künftig tun. Dabei weiß man doch, dass sich hinter diesem Begriff auch Überzeugungstäter verstecken. Ich sehe in einer Rehabilitierung der Deserteure keine Diffamierung derjenigen deutschen Soldaten, die bis zum Schluss ihren Dienst getan haben, ohne dabei Verbrechen zu begehen. Es wäre ein Erfolg demokratischer Erziehung klarzustellen, dass es geboten ist, einem Unrechtsregime den Gehorsam zu verweigern und Widerstand zu leisten. Wir sind doch genauso umgegangen mit den Deserteuren der Nationalen Volksarmee der DDR. Diese Soldaten sind hier doch nicht bestraft oder missachtet worden, sondern wurden verständnisvoll aufgenommen und als politische Flüchtlinge anerkannt.«

Weitere Befürworter einer Revision der Urteile gab es bei den Grünen, bei der sozialistischen PDS und auch in der Evangelischen Kirche. Auf der Tagung der Synode der EKD in Borkum am 6. November 1996 wurde folgendes beschlossen:

Kundgebung
"Zu den Deserteuren des Zweiten Weltkriegs"

Es leben unter uns noch Mitbürger, die in der Zeit von 1939 bis 1945 durch die Wehrmachtsjustiz wegen Desertion, Gehorsamsverweigerung oder Wehrkraftzersetzung verurteilt wurden. Sie gelten nach wie vor als vorbestraft. Dies ist nicht länger zu verantworten.

Die Synode der Evangelischen Kirche in Deutschland erklärt:

Der Zweite Weltkrieg war ein Angriffs- und Vernichtungskrieg, ein vom nationalsozialistischen Deutschland verschuldetes Verbrechen. Auch die Kirche, die das seinerzeit nicht erkannt hat, muss das heute erkennen.

Wer sich weigert, sich an einem Verbrechen zu beteiligen, verdient Respekt. Schuldsprüche aufrecht zu erhalten, die wegen solcher Verweigerungen gefällt wurden, ist, seit der verbrecherische Charakter der nationalsozialistischen Diktatur und ihrer Kriegsführung feststeht, absurd. Sich der Beteiligung an einem Verbrechen zu entziehen, kann nicht strafwürdig sein.

Eine Rehabilitierung von Deserteuren bedeutet keine Abwertung der deutschen Soldaten des Zweiten Weltkriegs. Die meisten Soldaten glaubten, die Pflicht zu erfüllen, die sie ihrem Vaterland schuldeten, oder sie sahen keine Möglichkeit, sich dem Kriegsdienst zu entziehen. Dies sehen Sprecher überlebender Deserteure ebenso.

Mitunter erfolgte eine Desertion aus Motiven und unter Umständen, die sie nicht als gerechtfertigt erscheinen lassen. Mehr als fünfzig Jahre nach dem Zweiten Weltkrieg jedoch Untersuchungen über jede einzelne Desertion anzustellen, ist heute praktisch unmöglich.

Es geht nicht an, die deutsche Wehrmacht pauschal zu verurteilen. Einzelne Verbände haben jedoch auch, teils im Vollzug von Weisungen höchster Wehrmachtsstellen, mit der Erschießung von Gefangenen, bei Massakern in besetzten Gebieten und durch Beteiligung am Judenmord schwerstes Unrecht begangen.

Die erschreckend hohe Zahl von Todesurteilen wegen Desertion, Wehrkraftzersetzung und Gehorsamsverweigerung (bis zu 30 000) und die gnadenlose Vollstreckung der meisten dieser Urteile ist Ausdruck der beschämenden Dienstbarmachung weiter Teile der Wehrmachtsjustiz für das Terror-Regime des Nationalsozialismus.

Was ein Soldat tut, ist nicht zu lösen von Zielsetzung und Moral seiner Führung. Vaterlandsliebe und Tapferkeit können missbraucht werden; sie sind Tugenden, wenn sie darauf gerichtet sind, Frieden in Freiheit und Gerechtigkeit zu bewahren oder zu schaffen.

Eine Rehabilitierung der Opfer der Wehrmachtsjustiz kann keine negativen Auswirkungen auf die Bundeswehr haben. Sie ist die Armee eines demokratischen Rechtsstaates. Das Grundgesetz der Bundesrepublik Deutschland verbietet jede auf einen Angriffskrieg angelegte Handlung. Den Soldaten der Bundeswehr ist darüber hinaus durch das Soldatengesetz verboten, verbrecherische Befehle zu befolgen. Zu den wesentlichen Leitbildern der Bundeswehr gehören die Männer und Frauen des Widerstandes gegen die nationalsozialistische Diktatur.

Die Synode der EKD bittet den Deutschen Bundestag zu beschließen, dass die von der Wehrmachtsjustiz während des Zweiten Weltkrieges verhängten Urteile wegen Desertion, Gehorsamsverweigerung oder Wehrkraftzersetzung Unrecht waren. Als wichtigen Schritt in diese Richtung begrüßen wir die Entschließung des Bundesrates vom 1. September 1996.

Borkum, 6. November 1996
Der Präses der Synode

Ohne Würde kann ein Mensch nicht leben

Ludwig Baumann

Helmut Kober kurz vor seinem Tod 2002

Peter Schilling, 2002

Ein denkwürdiger Tag

Ein älterer Herr in einem roten Anorak saß unbemerkt auf dem Innenhof des Bendlerblocks, Berlin. Heute hat das Verteidigungsministerium in dem anliegenden Neubau seinen Berliner Sitz, aber bekannt ist der Bendlerblock viel eher wegen seiner dunklen Vergangenheit während des Zweiten Weltkrieges. Während dieser Zeit residierte dort die höchste Führung der Wehrmacht und es war auf diesem Hof, dass Claus Graf Schenk von Stauffenberg und vier andere Offiziere und Teilnehmer an der Verschwörung gegen Hitler am 20. Juli 1944 im unheimlichen Licht eines LKW-Scheinwerfers hingerichtet wurden.

Seit 1952 gedenkt die deutsche Regierung alljährlich dieses Ereignisses und ehrt die ermordeten Widerstandskämpfer als Helden, die mittels einer Bombe versuchten, dem Terror und der Gewaltherrschaft Hitlers ein Ende zu setzen. Diese Männer seien die wahren Helden der Demokratie, heißt es heute - auch wenn es unübersehbar ist, dass die meisten der Verschwörer lieber ein starkes, autoritäres Deutschland gesehen hätten als eine echte und friedliche Demokratie. Sie waren der Meinung, dass Hitler mit seinem (nicht erfolgreichen) Krieg dieses Deutschland zerstörte und beschmutzte.

Die Bundeswehr unter dem sozialdemokratischen Verteidigungsminister Rudolph Scharping war der Gastgeber für die Feier dieses Abends (20. Juli 2000), und als Ehrengäste waren die Witwen der hingerichteten Männer eingeladen. Die Musik spielte »Ich hatt` einen Kameraden« und die Nationalhymne. Unter den vielen Rednern befand sich als prominentester von allen der Bundestagspräsident Wolfgang Thierse. So war für einen angemessenen Rahmen für bedeutende Worte gesorgt und die Mehrheit der Zuhörer wurde nicht enttäuscht. Die Redner sprachen über »Widerstand als Fundament für unsere Republik« und betonten, dass die Verschwörer ihrem Gewissen und ihrem moralischen

Empfinden gefolgt seien. Schöne Worte, und viele Menschen waren mit Sicherheit davon ergriffen.

Indessen unterschied sich dieser feierliche Abend von allen vorhergegangenen in besonderer Weise - auch wenn die Ursache dafür höchst wahrscheinlich von der Mehrheit der Anwesenden unbemerkt blieb. An diesem Abend wurde zum ersten Mal an dieser Gedenkstätte für den deutschen Widerstand ein Kranz in Erinnerung an die gefangen genommenen und hingerichteten Kriegsdienstverweigerer und Deserteure niedergelegt. Diese jungen ermorderten Männer hatten Hitler und seiner Bande ihre Gefolgschaft verweigert. Jahrelang war man ihnen mit Verachtung und Spott begegnet, aber heute sollte einer von ihnen, einer, der wie durch ein Wunder überlebt hatte, ein alter Mann in einem roten Anorak, einen Kranz niederlegen. Für ihn war es ein bedeutungsvoller Tag, auch wenn die große Hoffnung, die Ludwig Baumann daran geknüpft hatte, im Endeffekt unerfüllt blieb. Keiner der Redner erwähnte die Gruppe, zu der er gehört hatte und aus der so viele junge Männer ermordet worden waren.

Dabei fühlte Ludwig Baumann sich durchaus angesprochen, als er der Rede des Bundestagspräsidenten Wolfgang Thierse zuhörte. Der SPD-Politiker sprach nämlich über die Wichtigkeit eines breiten Verständnisses von »Widerstand«. Widerstand fange mit den kleinen Taten an, sagte er. Er reiche vom heimlich geschmuggelten Stück Brot für einen Zwangsarbeiter bis hin zum versuchten Attentat auf den unmenschlichen Diktator. Thierse beendete seine Rede, indem er zu verstärkter Wachsamkeit gegenüber ultrarechtem Extremismus in der Gesellschaft aufrief. Nie wieder dürfe eine schweigende Mehrheit sich für nicht verantwortlich halten, wenn elementare Menschenrechte in ihrer Mitte bedroht seien. Im Anschluss an diesen Aufruf legte er - begleitet von Trommelwirbel und angesichts einer Abordnung von Soldaten der Bundeswehr mit präsentierten Gewehren - einen Kranz zu Ehren der hingerichteten Offiziere nieder.

Baumann selbst war kein Ehrengast bei dieser Veranstaltung. Er war nicht einmal offiziell eingeladen worden und in keiner Rede wurde er erwähnt. Erlaubnis für die Niederlegung eines Kranzes zu Ehren von Kriegsdienstverweigerern und Deserteuren war zwar gegeben worden, aber man hatte ihm mitgeteilt, dass sowohl diese Kranzniederlegung als auch die begleitende Rede, die er halten wollte, erst stattfinden dürfe, nachdem der offizielle Teil der Gedenkfeier zu Ende sei. Damit wurde deutlich gemacht, dass dies nicht als Teil der eigentlichen Veranstaltung erwünscht war. Es war beschämend, dass die Gäste, die der Feier beigewohnt hatten, den Hof bereits verließen, als Ludwig Baumann und seine Freunde nach vorne gingen. Der einzige prominente Gast, der geblieben war, war der Bischof der Evangelischen Kirche in Berlin-Brandenburg, Wolfgang Huber.

So also sah es aus, als Ludwig Baumann mit seinem Kranz die Erinnerung an seine 20 000 ermordeten Kameraden (junge Männer und vielfach fast noch Jungen) ehrte - junge Männer, die von der gleichen Wehrmacht hingerichtet worden waren, deren Offiziere soeben im offiziellen Teil der Zeremonie als die wahren Helden der Demokratie gelobt und geehrt worden waren. Es ist schön zu wissen, dass er seinen Kranz nicht an der Gedenktafel für diese Offiziere niedergelegt hat, sondern vor der Statue eines nackten jungen Mannes, der an den Händen gefesselt in der Mitte des Hofes steht. Schlimm aber ist, dass Ludwig danach von dem diensthabenden Major der Bundeswehr plötzlich verbal angegriffen und beschuldigt wurde, ein Straftäter zu sein. Nein, geehrt wurde er wahrhaftig nicht, aber dass er bei dieser Gedenkfeier wenigstens von der Bundeswehr »geduldet« worden war, macht diesen Tag für ihn bedeutsam und erinnerungswürdig.

Bei einer anderen Veranstaltung am selben Tag bezeichnete der Verteidigungsminister Rudolf Scharping den 20. Juli 1944 als herausragendes Symbol für den Widerstand gegen das Nazi-Regime. Im Blick auf die hingerichteten Offiziere sagte er, dass einige Soldaten innerhalb der Streitkräfte damals erkannt hätten, dass der Dienst in einem Unrechtsregime selbst ein Unrecht sei. Sie seien ihrem Gewissen gefolgt und hätten ihr Leben riskiert. Diese Worte treffen auch auf Ludwig Baumann und seine Kameraden zu, selbst wenn das aller Wahrscheinlichkeit nach nicht beabsichtigt war.

Bleibt noch zu berichten, dass der Kranz vor der Statue mit gefesselten Händen im Innenhof des Bendlerblocks bereits in der folgenden Nacht - trotz oder vielleicht auch wegen der Bewachung durch die Bundeswehr - entfernt wurde. Überrascht hat das niemanden.

Zwei Jahre später beabsichtigten Ludwig Baumann und Vertreter der Friedensbewegung abermals, anschließend an die offiziellen Feierlichkeiten eine Kranzniederlegung zum Gedenken an die Kriegsdienstverweigerer und Deserteure durchzuführen. Aber daraus wurde nichts. Regierung und Bundeswehr einigten sich auf eine »geschlossene Veranstaltung«, da man sich, wie es hieß, »einen störungsfreien Ablauf« der einstündigen Regierungsveranstaltung wünsche. Offensichtlich wurde die bloße Anwesenheit von Militärgegnern und einem Wehrmachtsdeserteur als »Störung« empfunden. Trotz der pauschalen gesetzlichen Rehabilitierung der Deserteure (mit Ausnahme der so genannten »Kriegsverräter«), die der Bundestag gerade im Mai desselben Jahres beschlossen hatte, war die Anwesenheit eines Deserteurs selbst 57 Jahre nach Kriegsende immer noch unerwünscht.

Ein Kampf für eine friedliche Zukunft

Die Lebenszeit der Deserteure Hitlers geht ihrem Ende zu. Als im Jahre 1990 die *Bundesvereinigung Opfer der NS-Militärjustiz* gegründet wurde, hatte sie 37 Mitglieder. Heute lebt nur noch der letzte von ihnen, Ludwig Baumann, Gründer und Vorsitzender der Vereinigung. Nur ganz wenige haben noch ihre halbherzige Rehabilitierung erlebt. Die meisten von ihnen hatten an der Last ihrer Strafe bis zu ihrem Lebensende zu tragen. Die heutige Bundeswehr hätte nichts eingebüßt, wenn man diese Männer schon vor Jahren rehabilitiert und geehrt hätte. Das Gleiche gilt für die bundesdeutsche Bevölkerung und ihre politischen Vertreter.

Diese Geschichte fordert eine verantwortungsvolle Reaktion von uns. Nie wieder sollten wir Handlungen zulassen, die unser Gewissen als Verbrechen gegen die Menschheit erkennt. Nie wieder sollten wir einer Nation erlauben, sich der Verantwortung für solche Verbrechen zu entziehen und sich damit zu begnügen, sie im Stillen zu verurteilen. Wir können aus dieser Geschichte lernen, dass der Einzelne sich nicht von machthungrigen Politikern verführen und dazu missbrauchen lassen darf, das Leben anderer Menschen - einerlei, welcher Nationalität oder Religion sie angehören - zu zerstören. Die Deserteure und Kriegsdienstverweigerer des Zweiten Weltkriegs haben gezeigt, dass es zu blindem Gehorsam und pflichtbewusster Unterwerfung unter ein destruktives Regime eine praktische Alternative gab und gibt. Ich bin sehr dankbar, dass es mir vergönnt war, Menschen zu begegnen, die diesen anderen Weg gegangen sind.

Wenn ich heute Ludwig Baumann gegenüber sitze - diesem ziemlich kleinen, dünnen, aber zugleich kräftigen und energischen Mann mit der sanften Stimme - dann kann ich mir kaum vorstellen, wieviel deutsche Geschichte in ihm repräsentiert ist." Wieviel hat er erleiden, wie viele Erniedrigungen hat er ertragen müssen? Wieviel Böses und Grausames hat er in seinem Leben hinnehmen müssen? Vermutlich sehr viel mehr, als wir anderen uns vorstellen mögen. Ich bin mir sicher, dass Ludwigs Lebensgeschichte total anders ausgesehen hätte, wenn nicht der NS-Staat, sondern er selber sein Leben hätte gestalten dürfen.

Das Trauma ist auch nach so vielen Jahren immer noch gegenwärtig, manchmal in so heftiger Gestalt, dass es intensiver Therapie bedarf, um den Schmerz zu lindern. Voll und ganz wird Ludwig Baumann nie mehr vom Trauma seiner Vergangnheit befreit werden. Die Ketten und die Gefängnishölle in Torgau wird er nie vergessen; auch nicht die Schreie der spanischen Kinder, die den Armen ihrer Eltern im Gefängnishof entrissen wurden. Nie wird er den Anblick der Familien vergessen, die vor seinen jungen, furchtsamen Augen ermordet wurden.

Im letzten Absatz seines autobiographischen Romans *Die Kirschen der Freiheit* beschrieb der Schriftsteller Alfred Andersch jenen Augenblick nach geglückter Fahnenflucht, wo er nach dem Zweig eines wilden Kirschbaums griff und von den reifen Früchten zu essen begann. Die Schönheit der italienischen Landschaft durchleuchtet diese Szene und beglückt den Leser. Eine solche Lebensfreude blieb Ludwig Baumann und den meisten seiner gleichgesinnten Freunde versagt.

An einem Freitag Nachmittag versammeln sich Hunderte von Menschen im Rathaus von München-Pasing, um die Wehrmachtausstellung des Hamburger Instituts für Sozialforschung zu sehen. Ein würdevoller Herr mit grauen Haaren spricht zu einer anwesenden Schulklasse. Er wirkt ernst, ruhig, unemotionell. Die Kinder hören genau zu. Er bereut nichts von dem, was er tat, obwohl er 10 Monate lang gefesselt in der Todeszelle saß und täglich mit seiner Hinrichtung rechnete. Nein, er bereut

*Ludwig Baumann vor dem Deserteurdenkmal im
Gustav-Heinemann-Bürgerhaus Bremen-Vegesack:
»Wir sind als Feiglinge und Verräter beschimpft und
bedroht worden. Hätte es mehr von uns gegeben, wäre
der Krieg sicher früher beendet worden. Millionen Opfer
hätten nicht sterben müssen.«*

nichts, auch wenn die Alpträume ihn fast jede Nacht noch heimsuchen. Ludwig Baumann kämpft den Kampf gegen eine grauenvolle Vergangenheit, den Kampf um Anerkennung und Rehabilitierung, und vor allem den Kampf für eine friedliche Zukunft.

»Ich habe aus meiner Geschichte gelernt, dass wir uns niemals dazu verführen lassen dürfen, andere anzugreifen.« Immer wieder erzählt er seine Geschichte, auch wenn die meisten seiner Generation den Wunsch haben oder hatten, dass dieser Vaterlandsverräter endlich den Mund halten und in einsamer Scham verharren möge.

****

Heinrich Böll fand schon in den frühen 60er Jahren das Wort vom »ehrenwerten Delikt der Befehlsverweigerung«, wo Morden und Zerstören befohlen wurde. Er verband damit den Wunsch, dass das Schicksal derer, die um dieses Deliktes willen zum Tode verurteilt wurden, in Lesebücher für Kinder Eingang finden möchte. Heute geht Ludwig Baumann persönlich in Schulklassen und erzählt seine Geschichte. Wer aber wird eines Tages an seiner Stelle stehen und Soldaten ein Plakat vor die Nase halten mit der Botschaft seines Lebens: »Lasst euch nicht missbrauchen«?

Annette Bygott

Lars G. Petersson

Deserteurslied

Peter Schilling

Ein Lied hab ich euch mit - ge-bracht das nie - mand gern will hör - ren. Ich sing es manch - mal in der Nacht ich sing es manch - mal in der Nacht das Lied von De - ser - tö - ör - en.

Arranged by Frederik Nielsen

Deserteurslied

Text & Musik Peter Schilling

Ein Lied hab ich euch mitgebracht,
das niemand gern will hören,
ich sing es manchmal in der Nacht, :||
dies Lied von Deserteuren.

Es war einmal vor langer Zeit
ein Mensch, der sollt marschieren,
doch dazu war er nicht bereit, :||
er wollte nicht parieren.

Dort ist der Feind, so sagten sie,
und den musst du erschlagen.
Doch er sagt nein, das tu ich nie, :||
drum ging's ihm an den Kragen.

Man brachte ihn vors Kriegsgericht
dort kannt man keine Gnade...
Wem es an Pflichtgefühl gebricht, :||
um den ist' s auch nicht schade!

Da half kein Bitten und kein Flehn,
man kannte kein Erbarmen.
Er starb als Held, ich hab's gesehn, :||
am Strick der Feldgendarmen.

Ein andrer kam vors Standgericht,
denn er war kriegsverdrossen.
Das kümmerte die Richter nicht, :||
er wurde bald erschossen.

Ich singe, was noch stets geschieht,
ich sing von Heldentaten,
denn es erzählt mein kleines Lied :||
von Richtern und Soldaten.

Ich sing von der Aufmüpfigkeit,
ich sing von Deserteuren,
vom Henkersstrick und großem Leid, :||
doch wer will das schon hören.

Ich such mir selber Freund und Feind,
und lass mir's nicht befehlen,
denn was uns trennt und uns vereint, :||
das will ich selber wählen.

Lars G. Petersson

In Memoriam

Der zu absoluter Gefolgschaft verpflichtende Fahneneid auf die Person Adolf Hitlers war die Grundlage für den nationalsozialistischen Angriffskrieg. Ohne diese eidlich verankerte Treue wäre der Zweite Weltkrieg und/oder der Holocaust nicht möglich gewesen. In einer Bevölkerung, die seit Generationen an Obrigkeitshörigkeit gewöhnt war, konnte der Diktator durchaus mit dieser Treue rechnen.

Es gab allerdings Menschen, die früh merkten, was hier auf dem Spiel stand und Konsequenzen daraus zogen. Einige weigerten sich den Eid zu leisten, andere widersetzten sich den Befehlen innerhalb der Wehrmacht. In Erinnerung an diese Gegner des Naziregimes, die ihren Widerstand mit dem Leben bezahlten, hat das Anti-Kriegs-Museum der Evangelischen Kirche in Berlin-Brandenburg für dieses Buch folgende Porträts und Kurzbiographien zur Verfügung gestellt. Zusammen mit dem Foto, das wir für den Umschlag wählten, sind sie Teil einer Wanderausstellung dieses kleinen Museums im Gedenken an all diejenigen, die sich der Nazi-Herrschaft verweigerten.

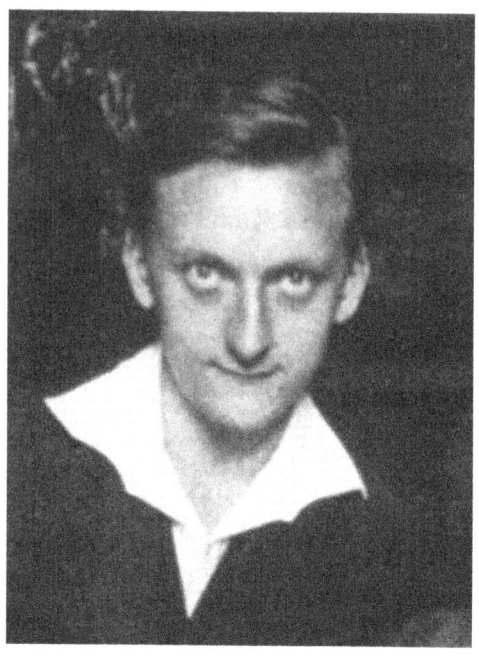

Hermann Stöhr wurde 1898 in Stettin geboren und diente im Ersten Weltkrieg als Freiwilliger bei der Kaiserlichen Marine. Nach dem Krieg studierte er Volkswirtschaft, promovierte und übte verschiedene berufliche Tätigkeiten beim *Internationalen Versöhnungsbund* aus. 1939 verweigerte Stöhr den Kriegsdienst und wurde zu einem Jahr Gefängnis verurteilt. Nach erneuter Weigerung wurde er durch das Reichskriegsgericht wegen Wehrkraftzersetzung zum Tode verurteilt und am 21. Juni morgens um 6 Uhr in Berlin-Plötzensee enthauptet.

Martin Gauger wurde im 1905 als Sohn eines Pfarrers in eine pietistische Familie geboren. Nach dem Studium der Volkswirtschaft und Rechtswissenschaft arbeitete er als Jurist. Er war mit Hermann Stöhr befreundet. Als er sich 1934 weigerte, bei der Staatsanwaltschaft den Treueid auf Hitler zu leisten, wurde er aus dem Staatsdienst entlassen. Vorübergehend fand er Arbeit bei der Bekennenden Kirche. Im April 1940 erhielt er den Einberufungsbefehl, dem er nicht folgte. Bei dem Versuch nach Holland zu fliehen wurde er schwer verwundet und dort von der SS verhaftet. Nach einjährigem Aufenthalt in einer Düsseldorfer Strafanstalt wurde er 1941 zunächst ins KZ Buchenwald und dann von dort nach Pirna-Sonnenstein gebracht, wo er mit Gas ermordet wurde.

Max Josef Metzger wurde im Jahr 1887 in Schopfheim/ Schwarzwald geboren. Er studierte katholische Theologie und wurde 1911 zum Priester geweiht. Während des Ersten Weltkriegs war er als Feldgeistlicher tätig und neigte auf Grund seiner Erfahrungen zunehmend zum radikalen Pazifismus. Von 1917 an spielte er eine führende Rolle in nationalen und internationalen Friedensgruppen und war 1919 in Graz einer der Mitbegründer der *Missionsgesellschaft vom Weißen Kreuz*. Nach der Machtübernahme der Nationalsozialisten 1933 wurde er mehrfach von der Gestapo verhaftet und 1943 auf Grund eines von ihm verfassten Friedensmemorandums wegen »Feindbegünstigung« in einem Schauverfahren vom Volksgerichtshof zum Tode verurteilt. Er wurde im folgenden Jahr in Brandenburg-Görden enthauptet. Erst 1997 ist das Todesurteil postum vom Landgericht Berlin aufgehoben worden.

Heute vor einem Monat stand ich vor dem Volks-gerichthof. Wir waren sieben Mann. Der Reihe nach kamen die einzelnen von der Verhandlung mit gefes-selten Händen, dem Zeichen des Todesurteils.

Die Verhandlung ließ mir schon nach der Einleitung keinen Zweifel mehr, daß hier nicht »Ge-richt« gehalten wurde um »Recht« zu suchen, son-dern um in einem Schauprozeß Eindruck auf das Volk zu machen. So war ich mir bald klar darüber, daß alle menschliche Hoffnung umsonst sei. Die Entscheidung war gefallen, bevor ich mich recht-fertigen konnte. Es überkam mich ein Gefühl stolzer Verachtung, als ich das Todesurteil hörte. Ich wuss-te, daß es keine Schande sondern eine Ehre war, von einem solchen Gericht »ehrlos« erklärt zu wer-den. Ich war in keiner Weise getroffen durch das Urteil.

Max Josef Metzger 14.11.1943

Franz Jägerstätter wurde 1907 in St. Radegund/ Oberösterreich geboren. Er wuchs auf einem Bauernhof auf und war als Landwirt tätig. Nach der Besetzung Österreichs im Frühjahr 1938 stimmte er bei der anschließenden Volksbefragung zum Anschluss ans Deutsche Reich als Einziger des Dorfes mit Nein. 1940/41 war er Soldat bei der Wehrmacht, bis er von seiner Gemeinde als »unabkömmlich« eingestuft wurde. Als er jedoch 1943 erneut einberufen wurde, weigerte er sich, dem Befehl Folge zu leisten. Bei seiner Verhaftung am 2. März erklärte er, dass sein katholischer Glaube es ihm unmöglich mache für den nationalsozialistischen Staat zu kämpfen. Am 6. Juli wurde er vor dem Reichskriegsgericht in Berlin zum Tode verurteilt und am 9. August in Brandenburg-Görden enthauptet.

Werde nun einige Worte niederschreiben wie sie mir gerade aus dem Herzen kommen. Wenn ich sie auch mit gefesselten Händen schreibe, immer noch besser, als wenn der Wille gefesselt wäre.

Ist es für uns nicht direkt ein Hohn, wenn wir Gott um Frieden bitten, wenn wir ihn doch gar nicht wollen, denn sonst müssten wir doch endlich die Waffen niederlegen.

Es kann unmöglich ein Verbrechen oder eine Sünde sein, wenn man als Katholik einfach die jetzige Militärpflicht verweigert, obwohl einer dann den sicheren Tod vor Augen hat. Ist es denn nicht christlicher, sich selbst als Opfer hinzugeben, als dass man zuerst noch andere morden muss (die ja auch ein Lebensrecht auf Erden besitzen und leben wollen), um sich selbst noch auf eine kleine Weile das Leben zu retten?

Franz Jägerstätter im Gefängnis, 1943

Gustav Stange, ein gelernter Schuhmacher, wohnte bis zu seiner Einberufung in Stuttgart. Als er 1942 den Einberufungsbefehl erhielt, erklärte er, dass er als Zeuge Jehovas den Eid auf Hitler nicht leisten könne und den Kriegsdienst verweigere. Daraufhin wurde er am 20. Februar 1942 von einem Kriegsgericht in Stuttgart zum Tode verurteilt und noch am selben Tag hingerichtet. Stange wurde außerhalb des eigentlichen Geländes des Stuttgarter Steinhaldenfriedhofs ohne Grabstein beigesetzt.

Gustav Stange lehnte aus Gewissensgründen den Kriegsdienst radikal ab, lehnte insbesondere ab, einen Eid auf Adolf Hitler zu leisten. Er war seiner Meinung völlig gewiss. Bei der Kriegsgerichtsverhandlung sagte ihm der Hauptmann: »Was würde denn, wenn es alle Leute so machen wie Sie?«, worauf er die Antwort gab: »Dann wäre der Krieg gleich zu Ende.«

Rudolf Daur, 1950

Josef Ruf wurde 1905 als Sohn eines Beamten bei der Reichsbahn in Saulgau/Würtemberg geboren. 1925 absolvierte er seine Gesellenprüfung als Schneider. Er trat dem Orden der Franziskaner bei und war in verschiedenen Einrichtungen dieses Ordens tätig. Er wurde Mitglied der von Max Josef Metzger gegründeten *Missionsgesellschaft vom Weißen Kreuz* (ab 1927 *Christkönigsgesellschaft*). Als er im Frühjahr 1940 den Einberufungsbefehl erhielt, weigerte er sich seines katholischen Glaubens wegen den Fahneneid auf Hitler zu leisten. Er wurde daraufhin noch im selben Jahr wegen Wehrkraftzersetzung zum Tode verurteilt und am 10. Oktober in Brandenburg-Görden enthauptet.

»›Nie wieder Krieg‹ ist das Vermächtnis unserer Opfer.«

Ludwig Baumann

Lars G. Petersson

Nachwort

Es war ein heißer Tag im Juni 1992. Rings um Sarajevo waren Kämpfe ausgebrochen und sie breiteten sich über den größten Teil Bosniens aus. Ein Besucher stand auf dem Bahnsteig in Subotica. Er betrachtete einen Zug mit etwa zwanzig Wagen, der vorüberfuhr. Der Zug war randvoll mit Menschen, und bewaffnete Einheiten bewachten den Bahnhof. Sie befahlen dem Fremden den Ort zu verlassen, aber zuvor war es ihm gerade noch gelungen, ein paar kurze Worte mit Männern zu wechseln, die sich aus den Wagenfenstern lehnten.

»Wir sind muslimische Dorfbewohner aus Kozluk in Ost-Bosnien«, flüsterten sie ihm hastig zu. »Serbische paramilitärische Truppen sind gekommen und haben gedroht uns alle umzubringen, wenn wir unsere Häuser nicht umgehend verlassen.« Die Leute waren jetzt auf dem Weg zur ungarischen Grenze, gezwungen zur Fahrt ins Exil.

Geschlossene Wagen und bewaffnete Patrouillen. Massenverhaftungen und Deportationen. Es war wie ein Echo aus der Zeit des Dritten Reiches, das den Fremden nicht wieder los ließ. Was er hier sah, überkam ihn wie ein Schock. Dinge, von denen wir gesagt hatten, dass wir sie nie wieder würden zulassen dürfen, spielten sich hier vor seinen Augen abermals ab.

Als europäische Asylbehörden im Sommer 1993 beschlossen, Deserteure und Kriegsgegner aus der jugoslawischen Volksarmee nach Hause zu schicken, erhob sich öffentlicher Protest. Diese Menschen hatten bei Ausbruch des Krieges im ehemaligen Jugoslawien Zuflucht im übrigen Europa gesucht, waren aber von den Staaten, die ihnen Schutz hätten geben können, zurückgewiesen worden.

»Schluss mit den Abschiebungen! Stoppt die Deportationen!« riefen besorgte Menschen, die ihren Protest an die verantwortlichen Politiker und Behörden richteten. »Eine Schande«, schrieb die dänische Tageszeitung *Information* und fuhr fort: »Es ist im Interesse der Gesamtbevölkerung Jugoslawiens, dass das serbische Regime unterlaufen wird, und dabei spielen die Deserteure eine wichtige Rolle.« Aber einem Menschen wie Aleksej Devic, dem die Abschiebung von Dänemark nach Belgrad drohte, hat dieser Aufschrei wenig genützt.

Nicht viel hatte sich seit Hitlers Zeiten verändert, wenn es um Fahnenflüchtige geht. Auch die serbischen Deserteure sollten mutig »für ihr Land kämpfen«, sie sollten »nach Hause gehen«, sie sollten »solidarisch sein«. Solidarisch mit wem? Dabei wussten wir alle, was passieren würde, und dann ja auch tatsächlich passiert ist. Erneut kam es zum Mord an ethnischen Minderheiten in Europa und nur wenige Menschen haben sich um das Schicksal derer gekümmert, die an diesem Menschenschlachten nicht teilnehmen wollten.

In einem internen medizinischen Bericht aus den achtziger Jahren, der im Gefängnis *Vestre Faengsel* in Kopenhagen verfasst wurde, findet man folgenden Abschnitt: »Ein iranischer Mann, der in wenigen Stunden abgeschoben werden soll, hat sich in sein linkes Handgelenk geschnitten. Er steht jetzt in seiner Zelle und droht, sich mit einer Rasierklinge den Hals durchzuschneiden, falls jemand sich ihm nähern sollte. Er ist total verzweifelt, und da der Mann nur persisch spricht, ist es nur mit Hilfe eines Mitgefangenen möglich, sich mit ihm zu verständigen.« Dieser Mann ist später überwältigt und in Handschellen zum Flugplatz transportiert worden.

Dieser Bericht stammt aus der Zeit des acht Jahre dauernden Krieges zwischen Irak und Iran, zwischen dem Diktator Saddam Hussein und einem despotischen Kleriker. Die ganze Welt verurteilte damals diesen sinnlosen Krieg, dem Tausende von Jugendlichen auf beiden Seiten zum Opfer fielen, aber für Deserteure gab es wie immer wenig Verständnis - weder im Iran, noch in Dänemark.

Es gab aber auch damals trotz der eingesetzten Propaganda und des Pochens auf unbestrittene Vaterlandstreue viele junge Männer, die da nicht mitmachen wollten. Sie sahen einfach nicht, was die Jugendlichen auf der gegnerischen Seite ihnen Schlimmes angetan haben sollten. Sie wollten einfach leben, wollten ihr Leben nicht als sinnloses Opfer aufs Schlachtfeld tragen.

Zum damaligen Zeitpunkt war Saddam Hussein der Liebling des Westens. »Wir« haben ihn gegen die »bösen« Iraner unterstützt. Wiewohl er später zum Feind Nummer 1 des Westens avancierte, galt er damals noch als unser Freund. Ich war Augenzeuge dessen, worauf das hinauslief, als ich als Gefängniskrankenpfleger in Kopenhagen in überfüllten, schmutzigen Zellen Hunderte von jungen Opfern dieses »Freundes« gesehen und mit sehr vielen von ihnen gesprochen habe.

Sie waren seinen Angriffstruppen entflohen oder hatten sich dem Einberufungsbefehl widersetzt und waren untergetaucht. Es war klar, dass sie diesen Krieg nicht wollten. Aber auch nach ihrer erfolgreichen Flucht ins Ausland war das Leiden dieser Männer nicht zu Ende. Die Tatsache, dass sie nach der Ankunft in die Freiheit verhaftet worden waren, hat ihnen einen Schock versetzt. Es überraschte sie, - was wir inzwischen längst als traurige Tatsache erkannt haben - dass Widerstand gegen die Kriegsmaschine, egal welche, für einen Flüchtling kein automatisches Recht auf Asyl mit sich bringt. Nicht einmal jemand, der den Streitkräften eines Terrorregimes entflohen ist, darf damit rechnen, dass er mit offenen Armen und auf menschliche Weise empfangen wird.

Diese jungen Männer hatten gedacht, hier im Norden würden sie sicher sein und endlich Freiheit und Schutz erlangen. Weit gefehlt. Das haben sie schnell erkennen müssen. Die Welt hat offensichtlich keine Zeit für Deserteure, auch dann nicht, wenn sich herausstellen sollte, dass eine wachsende Zahl von ihnen diese Welt zu einem viel sichereren Ort machen könnte.

Es gibt viele wie Ludwig, Peter und Helmut da draußen, auch in der heutigen Welt. Sie sind junge Leute, deren Leben durch Kriege und bewaffnete Konflikte, an denen sie kein persönliches Interesse hatten, ruiniert wurde. Von Machthabern auf der ganzen Welt, im Osten genau wie im Westen, werden sie ausgenutzt und geopfert. Wir können uns als Menschheit nicht länger damit abfinden. Kriegsgegner und Deserteure brauchen unseren Schutz und das Recht auf Asyl. Kriegsdienstverweigerung muss weltweit als Menschenrecht anerkannt werden.

Lars G. Petersson

Literatur

Baumann, Ulrich; Koch Magnus; Stiftung Denkmal für die ermordeten Juden Europas (Hg.): »*Was damals Recht war...*« *Soldaten und Zivilisten vor Gerichten der Wehrmacht*, Berlin-Brandenburg 2008. (Katalog zur gleichnamigen Wanderausstellung)

Kober, Helmut: *Jugend im dritten Reich, Erinnerung an Russland 1942/43*, Önel-Verlag 1993

Kober, Helmut: *Stationen*, Indult Verlag, 1994

Kober, Helmut: *Das Recht ein Mensch zu sein*, Angelika Lenz Verlag, 2002:

Korte, Jan; Heilig, Dominic (Hrsg.): *Kriegsverrat - Vergangenheitspolitik in Deutschland*, Karl Dietz Verlag, Berlin 2011

Kretschmann, Kurt: *Und da leben sie noch? Erinnerungen eines Deserteurs* (Eine Schrift der Friedensbibliothek/Antikriegsmuseum der Ev. Kirche in Berlin-Brandenburg 1999)

Messerschmidt, Manfred; Wüllner, Fritz: *Die Wehrmachtjustiz im Dienste des Nationalsozialismus - Zerstörung einer Legende.* Baden-Baden 1987

Messerschmidt, Manfred: *Die Wehrmachtjustiz 1933-1945,* Paderborn 2005

Müller, Ingo: *Furchtbare Juristen. Die unbewältigte Vergangenheit unserer Justiz.* Kindler-Verlag 1987

Röhm, Eberhard: *Sterben für den Frieden, Spurensicherung Hermann Stöhr,* Stuttgart 1985

Schilling, Peter: *Aus anderem Holz geschnitzt,* Libri Books, 2000

Schweling, Otto Peter: *Die deutsche Militärjustiz in der Zeit des Nationalsozialismus.* Bearbeitet und herausgegeben von **Erich Schwinge**, Marburg 1978

Wette, Wolfram (Hg.) *Das Letzte Tabu. NS-Militärjustiz und Kriegsverrat,* Berlin 2007